ベリーズ文庫

政略夫婦の授かり初夜
～冷徹御曹司は妻を過保護に愛で倒す～

田崎くるみ

スターツ出版株式会社

目次

政略夫婦の授かり初夜～冷徹御曹司は妻を過保護に愛で倒す～

愛のない政略結婚に戸惑う日々……6
気になる妻の人となり　弦ＳＩＤＥ……23
愛されなくてもいい、あなたと家族になりたい……48
ありのままの私を好きになってほしい……78
悲しみの中、授かった新しい命……112
言葉にしないと伝わらない想い　弦ＳＩＤＥ……148
愛する人とともに強くなりたい……175
あなたが運んできてくれた幸せ……219
幸せな家族未来図……265

特別書き下ろし番外編

ドタバタ子連れ出勤　弦SIDE…………284
幸せが幸せを育む…………300
あとがき…………312

政略夫婦の授かり初夜
～冷徹御曹司は妻を過保護に愛で倒す～

愛のない政略結婚に戸惑う日々

結婚したって愛されることも、幸せになることもないと思っていた。

ただ、名字と生活する場所が変わるだけ。そう、思っていたのに……。

薄暗い部屋の中、響くのはお互いの乱れた呼吸と、耳を塞ぎたくなるような自分の甘い声。

ううん、声だけじゃない。今の私の顔、絶対恥ずかしいことになっている。

腕で顔を覆って隠そうとしたけれど、その手を彼に掴まれた。

「顔を隠すな」

「無理です。だって私、変な顔してますっ……！」

「変じゃない。……だからかわいい顔、ちゃんと見せて」

指を絡めて握り、甘いキスが落とされる。

樋口《ひぐち》未来《みらい》から西連地《さいれんじ》未来になって三ヵ月あまり。新しい生活は驚きと戸惑いの連続だった。

それはすべて彼──西連地弦《ゆずる》のせい。

「未来、つかまって」

息も絶え絶えの私は、言われた通り弦さんの首に腕を回すと、彼はつながったまま私を抱きかかえて起き上がった。そして私の顔をジッと覗き込む。

やだ、この体勢すごく恥ずかしい。

身長一五五センチしかない私は、一八五センチと長身の弦さんをいつも見上げていた。それが今は同じ目線。ううん、少し私のほうが上だ。

恥ずかしいのに切れ長の綺麗な目に見つめられると、なぜか逸らせなくなる。

ただ見つめ返すことしかできずにいると、下から突き上げられ必死に彼にしがみついた。

「かわいいな、必死に俺にしがみついて。たまらない」

「……っ」

わざと耳もとに顔を寄せてささやかれ、ゾクリと反応する体。

「もっと教えて、未来のこと」

何度も体を揺すられ、ただ甘い声を出すことしかできない。

私より八歳上で、父が経営する食品会社の取引先の御曹司。噂で聞いた仕事人間で冷酷で、他人に興味がないという人となり。彼について知っていたことは、それだけ。

だからまさか夢にも思わないじゃない？　彼にこんなにも愛される日々を送ることになるなんて。

何度も求められながら思い出すのは、初めて父から弦さんとの縁談の話を聞かされた日のことだった。

＊　＊　＊

それはなんの前触れもなく突然告げられた。

「未来、大学を卒業したらすぐに彼と結婚しなさい」

夕食後、家政婦さんが淹れた紅茶を飲んでいると、そう言って父が私に差し出したのは表書のない白い封筒。

「私の会社の取引先の息子さんで、なかなか男気のある青年だ。きっと未来を幸せにしてくれるだろう」

なんて父親らしいことを言っているけれど、淡々と表情を変えずに言われては本心ではないとすぐに察することができる。

それに『結婚しなさい』ということは、私に拒否権などないのだろう。

「よかったわね、未来。いい縁談に恵まれて。幸せよ」

父の隣に座る節子《せつこ》さんにも同じような言葉をかけられ、無理に笑顔を取り繕い、「ありがとうございます」と答えた。

「一度、ふたりで会ってきなさい」

「はい、わかりました」

娘が結婚するというのに、どこか他人事のようなやり取り。だけどこれが私たち親子の関係を物語っている。

「すみません、明日も大学があるので先に休みます」

渡された封筒を手に立ち上がると、ふたりとも「おやすみなさい」と言うだけ。

家政婦さんに「ごちそうさまでした」と告げ、そっとリビングを後にした。

広々とした廊下を進み、二階の自室へと向かう。ひとりで使うには十分すぎる二十畳の部屋。

パタンとドアを閉めて、部屋の中央にあるソファに腰かけた。

「結婚、か」

手にしていた封筒をテーブルに置くと同時に、静かな部屋に響く自分の声。結婚に自由がないのは理解していたけれど、いざその時がくると複雑だ。

「ママもそうだったの？」

棚に飾られている幼少期の自分と写る、今は亡き母に問いかける。

今、一緒に暮らしている節子さんは継母。私を産んでくれた母は、私が五歳の時に病気で亡くなった。

持病があり、体が弱かったけれど、優しくていつも笑っていた記憶しかない。そんな母と父は、やはり親に決められた政略結婚だった。

だけど母は父を愛していたし、いつも私に『お父さんはすごい仕事をしているんだよ』『未来もお父さんのこと大好きでしょ？　ママも大好きなの』って話していた。

でも、父は違った。

母方の祖父から後々聞かされた真実。それは、父が節子さんとずっと浮気をしていて、私が二歳の時に節子さんは弟を身籠ったという内容。父は母を愛してなどいなかったのだ。

それを知った母はショックで床に伏せるようになり、持病も悪化。そして弟が生まれて二年後、私が五歳の時に亡くなった。

うろ覚えの記憶の中でも、鮮明によみがえってくるシーンがある。それは母が亡くなった日のこと。

母の傍らで大泣きする私とは違い、父が涙することはなかった。

そのひと月後、父はあっさり節子さんと再婚。それと同時に二歳下の弟ができた。

その後私はなに不自由ない生活の中で、両親の希望の学校に進学し、レベルの高い教育を受けた。さらにどんな場所に出しても恥ずかしくないようにと、マナー講師のもと礼儀作法も身につけさせてもらえた。

恵まれた環境を与えてくれて感謝はしている。でもその代わり、愛情はいっさい与えてもらえなかった。父が再婚してからの私の人生は、決して幸せとは呼べないものだった。

ずっと節子さんは私を毛嫌いしていて、弟ばかりをかわいがる。父は節子さんの手前、必要以上に私と話をしない。

家族として一緒に暮らしているはずなのに、私だけ他人のような感覚だった。それは今も変わらない。

何度も弟と同じように接してほしい、自分を見てほしい一心でありとあらゆる努力をした。

テストでは毎回満点を取って、運動もがんばった。だけど、どんなに成績がよくても、学年で一番になっても父も節子さんも褒めてくれなかったし、笑顔を向けてもくれなかった。

あぁ、このふたりから母と同じ愛情を受けることはできないんだ、と子供ながらに悟り、そこから私は静かに生きてきた。

きっと父も節子さんも、私が結婚して家を出たって寂しいとは思わないだろう。むしろ、邪魔者がいなくなって清々すると思っているのかも。

なんて自分で考えては、泣きそうになっていると、勢いよくドアが開いた。

びっくりしてドアのほうを見ると、焦った様子で弟の敬一《けいいち》が部屋に入ってきた。

「なに？　敬一。ノックもナシにいきなり入ってくるなんて」

バクバクとうるさい心臓を押さえながら言うと、敬一は私の隣に腰を下ろした。

「どういうこと？　結婚するって」

大学生になった敬一は、父の会社を継ぐ立場であるゆえ、早々とインターンシップ制度を利用して授業がない日は関連会社に出勤し、働いている。

今日も朝早くに家を出ていった。だから夕食の席にはいなかったわけだが、帰ってきて早々私の結婚のことを聞いたようだ。

「姉さんもうちの会社に就職するんじゃなかったの？　それに婚約期間もなく、いきなり結婚っておかしくない？　そうだよ、おかしい！　俺、やっぱり父さんに言ってくる」

勢いよく立ち上がった敬一の腕を慌てて掴んだ。

「ちょ、ちょっと待って敬一」

「待てないよ！」

「一度落ち着いて！」

強い口調で言うと敬一は唇をギュッと噛みしめ、再び私の隣に座った。

「どうして姉さんはそんなに落ち着いていられるの？　自分の一生に関わることなんだよ？　大学を卒業してすぐに結婚なんて早すぎるよ」

「それを言ったら敬一だってもう婚約者がいるじゃない。それも私と同じくお父さんが決めた相手が」

敬一には十五歳の頃から同い年の婚約者、北川椿《きたがわつばき》ちゃんがいる。父親同士の交流があり、ふたりも頻繁に会っていたことから今では想い合う仲だ。

椿ちゃんはお嬢様という言葉がぴったりの愛らしい子で、私のことも慕ってくれている。

「そりゃそうだけど……。俺と姉さんとでは違うだろ？」

「ううん、違わないよ。敬一はお父さんの会社のために結婚するわけでしょ？　私も同じ。相手は取引先の人みたいだし」

そういえばどんな人だろう。私が結婚する相手は。

私がテーブルに目を向けると、敬一はすばやく封筒を手に取る。そして乱暴に写真を取り出すと、私の目の前に差し出した。

「信じられない！　自分の結婚相手を確認していないとか。いい？　姉さんの相手は、西連地弦！　あの菓子メーカー『サイレンジ』の社長の息子だよ」

敬一の言う通り、写真の人物は西連地弦だった。彼は仕事人間で冷酷だと有名。ほかにも気になる噂を耳にしたことがある。

「悪いけど、西連地さんが姉さんを幸せにしてくれるとは思えない」

真剣な瞳で言う敬一に、温かな気持ちでいっぱいになる。

両親の愛情を受けることはできなかったけれど、敬一だけは違う。こうしてなにかと気遣ってくれる。敬一の存在に何度救われてきたことか……。

そんな敬一は、亡くなった母の存在を知らない。私も敬一も節子さんから生まれたと思っている。敬一の気持ちを考えて、父と節子さんはいまだに事実を話せずにいるのかもしれない。

でもそっか。私が結婚するのはあの彼なんだ。

二十歳を過ぎてから、父に連れられていった社交の場で、何度か彼のことを見かけたことがある。

私より八歳上で、大学を卒業してすぐにサイレンジで働き始めた彼は、ほどなくして経営企画室の重要なポジションに就き、今では専務として会社を動かしている。

高校生の頃から何度か留学経験を持ち、大学在学中には海外企業にインターンに行ったとか。

そこで多くのことを学び、その手腕を発揮していると聞いたことがある。

近々副社長に就任し、ゆくゆくは会社のトップに立つ人だ。

それに加えて一八五センチの長身。綺麗な黒髪に整った顔立ちをしていて、トップモデル顔負けの容姿をしている。

そんな彼がモテないわけがない。社交の場に顔を出せば、女性に囲まれる。いつだってそうだもの。

しかし彼はいまだに独身。それについては、様々な噂が飛び交っている。

仕事人間でほかのことはもちろん、他人にも興味を持たないとか。そして冷酷な性格の彼には、これまでに婚約者という存在が複数いたが、結婚には至っていないとも言われている。

それでも彼と結婚したいという女性は後を絶たず、中には果敢に攻めるつわものもいるらしい。

「そろそろ三十歳になるというのに結婚しないのには、それなりの理由があるはずだ。きっとひどい暴力男で、女性に手を上げるタイプなのかも。いや、女性に興味がないって聞いたこともあるな……」

ブツブツとつぶやきながら言うと、敬一は真剣な瞳を私に向けた。

「だから結婚はやめたほうがいい。やっぱり俺が父さんに言ってくる」

再び立ち上がった敬一に私も腰を上げた。

「ありがとう、敬一。でも私なら大丈夫だから」

「だけどっ……」

「本当に大丈夫」

間髪《かんはつ》を容《い》れずに言うと、敬一は押し黙る。

「どんな人なのか、ちゃんと面と向かって話してみないとわからないでしょ？　噂がすべて真実とは限らないもの。もしかしたらすごくいい人かもしれないし」

「いいや、それだけは絶対にない！　俺も何度か挨拶をしたことがあるけど、目が怖かった。あんなの、人間の目じゃないよ」

嫌悪感をあらわにしてなかなかひどいことを言う敬一に、苦笑いしてしまう。

「それに仕事ばかりして、家庭を顧みないタイプそうじゃん」

敬一の言うことはおそらく正しいだろう。そもそも私たちは政略結婚。向こうだって両親に言われて渋々……だろうし。

きっと結婚も仕事の一環としか考えていないのかも。だけどそれは私にとって好都合でもある。

「だったらそのほうがいいかな。仕事ばかりで家にいないのなら、その分私は自由に過ごせるってことでしょ？」

「それはっ……！　そう、かもしれないけど。でもそれじゃ姉さんが幸せになれないじゃないか。……子供の頃、俺に言ってたじゃん。好きな人と結婚して幸せになりたいって」

敬一ってば、ずいぶんと昔のことを覚えているものだ。

幼い頃の夢は、好きな人と結婚して幸せになることだった。それは母にまるで呪文のように言われていたからかもしれない。

『いい？　未来、結婚は本当に好きな人としなきゃだめなの。そうでなければ幸せになれないわ。……パパのように立派な仕事をしていなくてもいい。ただ、未来のことを愛してくれる人と結婚してね』

今思えばそれは、自分と同じ道を歩んでほしくないという母の思いだったのかもしれない。

だけどその願いは叶えてあげられそうにないよ。だってこの家に生まれてきた以上、結婚は好きな相手となんてできないのだから。

それなら自由になりたい。両親の顔色を常にうかがうような、窮屈なこの大きな家から出たい。

敬一と離れて暮らすのは寂しいけれど、会おうと思えばいつでも会えるもの。

「それは子供の頃の話！　噂で人を判断するのはよくないでしょ？　だからまずは実際に会ってみるよ」

すると敬一も納得したのか押し黙り、力なくソファに腰を下ろした。そんな敬一の隣に私も座る。

「わかった。でも会って無理そうだったら、ちゃんと父さんに言ったほうがいいよ。結婚してからじゃ遅いんだから。どういうやつなのか、しっかり見極めてくること」

クスリと笑いながら「わかったよ」と言うと、敬一は「くれぐれもね！」と念を押した。

見極めるもなにも、父の口ぶりからしてもう結婚は決定事項。結婚前の顔合わせといったところだろう。

だけどそこで私が失礼なことをして、結婚はなかったことに……と言われないよう気をつけないと。

西連地さんと結婚することが、これまで不自由ない生活を与えてくれた両親に対する、最後の親孝行だろうから。

愛されなくたっていい。結婚して、少しの自由さえ与えてくれれば。それ以上のことを望んだりなどしない。そう、思っていたのに……。

＊＊＊

喉の渇きを覚え、重いまぶたを開けると室内は暗い。どうやらいつの間にか寝てしまっていたようだ。

まだ夜は明けていないようだけど、今、何時かな？

壁に掛けられている時計を見ようとするも、体が動かない。

チラッと首だけうしろに回すと、弦さんの整った顔が目と鼻の先にあって、悲鳴をあげそうになる。

もう何度も近い距離で彼の顔を見ているというのに、いまだに慣れない。変に緊張してしまう。

「綺麗な寝顔」

ポツリと声を漏らしたけれど、弦さんは熟睡しているようで、規則正しい寝息を立てている。

少しだけ弦さんの腕の力が緩み、私はそっと体の向きを変えた。

真正面でジッと彼の寝顔を見つめる。

予想していた結婚生活とは違っていて、正直戸惑う。ううん、結婚生活だけではない。弦さんもそうだ。

冷酷な人だと聞いていたのに、全然違うもの。

「んっ……」

「あっ」

ゆっくりとまぶたを開けた弦さんに、思わず声が漏れる。

「どうした？　眠れないのか？」

そう言うと彼は私を抱きしめる力を強め、優しく頭をなでた。

「だけどまだ起きるのは早い。もう少し寝ろ」

「……はい」

弦さんのぬくもりに包まれ、頭や背中をなでられると不思議と睡魔に襲われる。

「おやすみ、未来」

そっと旋毛《つむじ》にキスが落とされ、胸がギュッとなる。

毎晩のように求められて、優しく大切に接してくれる弦さんに、私はいつも困惑していた。

そもそも私たちは愛のない政略結婚をしたはず。弦さんは家には寄りつかず、会話もないに等しい関係になると思っていた。

だけど実際は違う。弦さんはできる限り早く家に帰ってきて、私との時間を過ごしてくれる。休日だってそうだ。

それにこうして何度も体を重ね、愛してくれる。

それは早く後継ぎをつくるための行為なのかもしれない。でも、彼に抱かれるたびに感じてしまうの。もしかしたら私は、弦さんに愛されているのかもしれないと。

あり得ない、私が愛されるなんて――。そう思いながらも、じゃあどうしてこんなに優しく私を抱きしめるの？　という疑問が湧いてくる。

戸惑いながらも同時に幸せな気持ちにもなる。

このままでは私、弦さんのぬくもりに依存してしまいそう。

ただの気まぐれ？　子供ができたらガラリと変わってしまう？　新婚だから世間体を気にして？

様々なことを考えても、答えは出ない。結婚してから何度この答えの出ない問題に頭を悩まされているだろうか。

素直に弦さんの優しさやぬくもりに甘えたいと思いながら、冷たく突き放された時のことを考えるとできない。

もしそうするつもりなら、最初から愛されていると錯覚するようなことをしないでほしいのに……。

今夜も、もう少しだけ彼のぬくもりに包まれていたいと願ってしまうんだ。

弦さんの寝息に誘われ、しだいに眠くなり、私もまぶたを閉じた。

その夜見た夢は、弦さんに「愛している」と何度もささやかれる幸せなものだった。

気になる妻の人となり　弦ＳＩＤＥ

未来は、これまで出会ってきた女性とはすべてが違った。

「初めまして、樋口未来です」

夏本番を迎えた暑い日。立派な日本庭園がある都内のホテルの、一階にあるレストランで初対面した日のこと。鮮やかな着物に身を包み、深々と頭を下げた彼女はどこか怯えているようにも見えた。

それは想像できなかった姿で戸惑う。

今日は婚約者との初顔合わせの日。もう彼女で何人目の婚約者だろうか。どうせ今回も向こうから断ってくるに違いない。それならなにも、両親を交えて本格的な顔合わせなどする必要はない。

そう思ってふたりで会うことを父さんに提案すると、なにを勘違いしたのか、「そうか、ふたりで会いたいほど結婚したい相手なのか」と言われる始末。

そもそも結婚など興味がなかった。もちろんそれなりに恋愛はしてきたし、学生の頃は多少なりとも結婚に憧れてもいた。

しかし俺には、普通の恋愛結婚など無理だということを、大学生になると痛感させられた。

告白されて付き合い始めた女性がいたが、交際して半年後に別の男といるところを目撃し、問いつめると俺のことなど最初から好きじゃなかったと言われた。彼女が見ていたのは俺ではなく西連地の家だけだったんだ。

玉の輿《こし》を夢見ていたらしい。財力がなかったら、口数が少なくて一緒にいてもおもしろくない俺になど興味がないとはっきり告げられた。それから俺は恋愛から遠ざかっていった。

勉強に明け暮れ、大学を卒業して父さんの会社で働き始めた俺は、自他ともに認める仕事人間になった。

仕事は決して裏切らない。すべては自分の働き次第。成果がはっきりと数字に出ることにやりがいを感じ、ますます仕事にのめり込んでいった。

そんな俺を心配した両親が縁談話を持ってくるようになったのは、俺が二十五歳を過ぎた頃から。

守るべきものを得ることで、もっと成長できるだろうと言われ渋々了承したのが運の尽き。何人もの婚約者に悩まされることとなった。

恋愛して結婚することが許されないのなら、婚約者になった女性と恋愛をすればいい。これも〝出会い〟には違いないのだから。

そこからお互い理解を深め合い、どんなことも協力し合える関係を築いていければそれでよかった。

自分の両親もそうだったし、よほど変な相手でない限り、うまくいくだろう。

だから妻となる婚約者には、まずはひとりの人間として関わり合いたかったし、信頼関係を築きたかった。

ふたりの時間を大切にしたいし、俺自身も会社では気が休まらない分、家では力を抜いて過ごしたい。

婚約者には結婚後、家事を分担したり協力したり、どこにでもあるような平穏な時間を過ごしたいと望んだ。

けれど婚約者たちは、サイレンジが目あてのお嬢様ばかり。見栄っ張りでブランド志向。俺の家柄や財産にしか興味ないことが透けて見えた。

俺というひとりの人間として関係を築いていこうとしてくれず、そんな相手に俺も心を開く気になれなかった。

『キミが望むような生活は送れない』と伝えると、相手も俺との価値観の違いに幻滅し、俺とは結婚したくないと言う。

しかしそう簡単に婚約破棄はできない。サイレンジとのつながりを持ちたい親たちに言いだせない婚約者たちに俺はいつも、自分を悪者にして両親を説得すればいいと提案し、あくまでも非はこっちにある形で婚約破棄をされ続けていた。

また、これまで出会ってきた彼女たちは、口を揃えて同じことを言う。仕事のことしか頭にない俺とは一緒にいてもつまらないと。

結局、誰も俺をひとりの人間として見てはくれなかったのだ。だったらもう結婚などしなくてもいいのでは？　守るべきものがなくても、仕事に精進することはいくらだってできる。

しかしそれを両親が許さなかった。ふたりもまた親が決めた政略結婚ながらお互いを好きになった。

だから息子である俺にも、きっかけはなんであれ、結婚する相手を好きになってほしいと願っているようだ。

そんな両親は昔から俺がいてもおかまいなしにイチャつく。それは今も変わらない。子供の前でなにをやっているんだと思いながらも、両親がうらやましくもあった。

ふたりを見ていると、お互いのことを大切に想い合っているのがよくわかる。俺もそこまで好きになれる相手と出会ってみたい。

だから、父さんに縁談話を持ちかけられるたびに期待していた。もしかしたら運命の相手かもしれないと。

そして今日もまた、淡い期待を少しだけ抱いてきたわけだが……。

挨拶を交わしてから数分経つが、一向に彼女は口を開こうとしない。ただうつむいたまま。

これまで出会ってきた女性とはあきらかに違う。みんな、一方的に自分のことを話してきた。そして早く結婚したいと口を揃えて言った。

そんな女性たちに圧倒され、俺はほとんど口を開くことも叶わなかった。もちろん俺の理想の家庭論を話すと、誰もが口を結んだが。

樋口未来はどうだろうか。やはり彼女もまた家柄や財力が目的で、俺と結婚したいと思っている女性だろうか。

気になり、こっちから切り出した。

「未来さん、ひとついいかな」

「はっ、はい」

俺の声に大きく体を震わせると、怯えた目で俺の様子をうかがう。

「なんでしょうか？」

ビクビクされると、なぜか胸が痛む。

いや、社内でも会議の席に着けば怯えた目を向けられることなど何度もあった。それなのに、彼女に怖がられていると思うと、どうして傷ついている自分がいるんだ？

初めて芽生えた感情に戸惑いながらも、ジッと俺の答えを待つ彼女に気づき慌てて口を開いた。

「両親がそうであったように、俺も家を他人に任せるようなことをしたくない。だから結婚後は家政婦などを雇うことなく、家事などは俺とふたりでやってほしいんだ。それさえ了承していただけるのなら、今すぐにでも結婚の話を進めさせてくれ」

これは今までの婚約者すべてに伝えてきたこと。誰もが話を聞いて絶句し、向こうから結婚はできないと断ってくるところだが……。

なにも言わない彼女を見ると、キョトンとしている。

「えっと……つまり結婚後、家事をすればいいんですよね？」

あまりに普通に返してくるものだから、困惑しながらも「あぁ」と返事をすると、初めて彼女は表情を緩めた。

「それでしたら私にもできます。料理や掃除など、ひと通り教わっておりますので」

「そう、か」

予想外の回答だった。これまでの婚約者たちは、西連地に嫁いでまで家事などしたくないと反発していたというのに。

「しかしまだ未熟ですので精進いたします。……こんな私ですが、どうぞよろしくお願いいたします」

「いや、こちらこそよろしく頼む」

再び深々と頭を下げる彼女に調子が狂う。

俺よりも八歳下だというのにどこか落ち着いていて、今まで出会ってきた女性とは違う彼女のことが、俺は気になってたまらなくなった。

それからは順調に事が運び、結納を済ませ、彼女……未来が大学を卒業してから籍を入れることとなったが、それまでの間に俺は頻繁に未来と会う時間を設けた。

「あの、いいのでしょうか？　こんなお店に連れてきてもらって」

行きつけの料亭の個室に通されると、恐る恐る聞いてきた未来に目を瞬《しばた》かせてしまう。

「私のためでしたら、申し訳ないです」

申し訳ないって本気で言っているのか？　たしかに有名店でそれなりの価格だが、未来も社長令嬢であり、裕福な暮らしをしているはず。家族で頻繁にこういう店に訪れているのでは？

しかし未来を見ると落ち着かない様子で、表情も硬い。本当にこういう店にはあまり来たことがない？　樋口の娘なのに？

喉もとまで出かかった言葉をのみ込む。それはあまりにぶしつけな質問だろう。家庭によってそれぞれだ。同じような暮らしをしているからといって、食生活もそうだとは限らない。

自分に言い聞かせ、いまだに不安げな彼女に言った。

「ここは行きつけの店で、結婚するとなれば未来も通うことになる。だから連れてきたまでだ。申し訳ないなどと言わないでくれ」

「……はい」

未来と一緒にいると調子が狂う。こうして会っても決して自分の意見を言わない。どこに行きたいか、なにか欲しいものはないか、なにが食べたいか。そう聞いても行き先は俺に任せる、欲しいものなどない、俺が食べたいものでいいと言う。

これまで出会ってきた女性たちは自分の意見を主張し、ありとあらゆるものをねだってきたというのに。

一緒に歩く時は、決まって俺の半歩うしろ。だからだろうか。あまり感情を表に出さず、仕方なしに俺と会っているようにも見える。

「おいしいです、弦さん」

「それは、よかった」

料理を口にすると少しだけ頬を緩めて言う未来に、年甲斐もなく胸が苦しくなる。そしてもっと喜ぶ顔が見たいと思うんだ。


「専務、それは完全にその方に恋をしているでしょう」

専務室で俺の話を聞き、真顔でそんなことを言うのは秘書の竹山豊《たけやまゆたか》だ。大学時代の後輩で、なにかと馬が合う竹山と一緒に仕事がしたくてうちの会社を勧めた。

優秀な竹山は無事に入社を果たし、俺が専務の職に就くと同時に、俺からの指名で専務秘書の座に就いた。

竹山は感情を表に出すのが苦手で、滅多なことでは笑わない。だけど心優しき男で、小動物が好きという意外な一面もある。

仕事面ではもちろん、プライベートなことまで相談できるよきパートナーだ。

現に今も俺の異変に気づき、なにかあったのかと尋ねてきたから、俺は未来に会った日のことや彼女に対する印象を話したわけだが、恋しているって？　本当に俺が？

自分のことなのに信じられなくて言葉を失っていると、竹山は小さく息を吐いた。

「まさか気づいていなかったのですか？　聞いている限りでは完全に恋していると思いますが。そもそも勤務中に仕事以外のことを考えるなど、専務らしくないではありませんか」

竹山の言う通りだ。仕事以外のことで、こんなに悩むこと自体初めてといえる。それだけで十分な理由となる。俺は未来に惹かれているのだと。

「しかし婚約者様のことが少し気になりますね。専務の話を聞いていると、これまで出会ってきた女性とは違うようですし」

「あぁ、そうなんだ」

普通に答えたというのに、なぜか竹山は目を大きく見開いた後、珍しくクスリと笑った。

「恋しているということに関しては、否定なさらないのですね」

「お前がそう言ったんだろ」

なんとも棘《とげ》のある言い方だ。

少しだけムッとして返すも、竹山は表情を戻して話を続ける。

「どうしましょうか？　気になるようでしたら彼女のことをもっと詳しくお調べいたしますが。……そのほうが仕事もはかどるでしょうし」

ボソッと言ったのが本音だろう。現に未来と出会ってからというもの、彼女のことが気になって、効率はあきらかに落ちている。

「結婚するならなおさら、お相手のことは把握しておくべきかと」

「そう、だな。それと樋口家のことも詳しく調べてくれないか？　彼女と結婚したら親戚となる以上、知る必要がある」

「わかりました。早急にお調べいたします」

頭を下げると、竹山は専務室から出ていった。

ひとりになった室内で深いため息がこぼれる。そのまま椅子の背もたれに体重を預けて天を仰いだ。

「恋、してるか」

苦い思いをしてからというもの、恋愛から遠ざかり、今後もするつもりなどなかったのにな。

こうして仕事中にもかかわらず、顔が見たい、会いたいと思う。

まだ不確かな気持ちだが、この先彼女と一緒に過ごす時間を積み重ねていけば、この気持ちがもっと大きくなりそうな気がする。

未来と会う時間を増やすためにも、仕事を早く終わらせなくては。それにいつまでも進まなかったら、竹山に渋い顔をされそうだ。

気持ちを入れ替え、竹山が置いていった多くの書類に目を通していった。


次の週末。未来を誘ってやって来たのは都内の遊園地。デートする場所としては少し子供っぽいかと思ったが、竹山に学生の未来なら喜ぶに決まっていると言われて、ここに決めたのだった。

だけど、どうなんだ？　これまで元婚約者たちと何度かデートをしたことはあるが、遊園地に行ったことはない。

未来とは初めて顔を合わせた日から会うのは、今日で九回目、これまで食事や舞台やオペラ鑑賞と、様々な場所に行ったが心から楽しんでいるようには見えなかった。

子供っぽい場所だと思われ、今回も楽しんでもらえないのではないだろうか。

車から降り、施錠して未来のもとへ向かうと、彼女は入口ゲートをジッと見つめていた。それも目をキラキラさせて。

「未来……？」

これは喜んでもらえている？

彼女の名前を呼ぶと、慌てて表情を引きしめた。

「すみません、遊園地に来たのは人生で二度目だったのでうれしくて」

二度目？　俺の聞き間違い？　いや、そうだよな。未来の年齢で遊園地にたった一度しか来たことがないなんて。

信じられずにいると、未来はしどろもどろながら話してくれた。

「初めて遊園地に来たのは、一年前なんです。大学の友達に誘われてみんなで行ったんですけど、かわいいキャラクターがいて、スリルがあるアトラクションがたくさんあって、おいしい食べものもあって……。まるで夢のような場所ですよね！」

興奮気味に言う未来は、笑顔がとても似合っている。

なんだ、こういうところは大学生の女の子らしいな。遊園地で喜んでくれるなんて。

しかし、なぜ大学生になるまで遊園地に来たことがなかったのだろう。幼少期、両親に連れられて来ることはなかったのか？

いくら父親が社長で仕事が忙しいとしても、一度くらいはあってもいいのに。

気になったが、それも竹山の報告を聞けばわかるはず。もしかしたら未来にとって聞かれたくないことなのかもしれないし、せっかく楽しそうにしているのに水を差したくない。

「それじゃ今日のデートは遊園地にしてよかった。行こう」

未来の手を取って歩こうとすると、彼女は「えっ⁉　あのっ」と慌てだす。

「どうした？」

歩を進めながら聞くと、未来は顔を真っ赤にさせた。

「今日は、その……デートなんですか？」

まさかの質問に足が止まる。

デート以外のなにものでもないだろう。ほかになにがあるというんだ？

俺はこれまで未来に会うたびに、デートのつもりでいたが、彼女は違ったのかと思うと非常におもしろくない。

だけど「それに、落ち着きません。……手をつないでいると」と言って、耳まで真っ赤に染めているかわいい姿を見せられたら、どうでもよくなってしまう。

デートと思っていなかったとしても、こうして手をつなぐことに対しては意識してくれている。そう思うとなぜか意地悪をしたくなった。

いまだに恥ずかしそうに顔を伏せる未来。彼女の手をさらに強く握って顔を覗き込んだ。

「悪いけど俺はデートだと思っているから。今日はずっと手を離さない」

「っ……」

顔を上げた未来はなにか言いたいのに声が出ないのか、口をパクパクさせる。そんな姿もいちいちかわいいと思う俺は、相当未来に惹かれているのかもしれない。

「行くぞ」

未来の手を掴んだまま入口ゲートへ向かってさっそく入場すると、さっきまでアタフタしていた未来は、落ち着かない様子で周囲を見回す。

「この前行った遊園地はここじゃなかったの？」

「……はい、違うところでした」

同じところに連れてこなくてよかった。

つないでいた手を一度離し、入場券を買った際にもらったパンフレットを開くと、未来も背伸びをして覗き込んできた。

「どれに乗りたい？」

「……いいんですか？　私が乗りたいものでも」

恐る恐る聞いてきた未来に「あぁ」と言うと、また目をキラキラさせた。

「えっと、これに乗りたいです」

未来が指差したのは、この遊園地で一番人気の絶叫マシン。怖いものは苦手そうだと思っていたから意外だ。

「わかった、なら急ごう」

人気のアトラクションなら、すでに長い行列ができている可能性がある。

再び未来の手を握って走りだす。さっきは握り返すことはなかったのに、未来は俺の手を強く掴んだ。

相変わらず俺の一歩うしろにつく彼女を見ると、楽しみなのか頬が緩んでいる。

その顔を見たら、今日は未来が乗りたいもの、見たいもの、食べたいものにすべて付き合おう、そう思った。

それから俺たちは未来が乗りたいと言う絶叫マシンを中心に、次々と巡っていった。

最初はいつものようにぎこちなかった未来だけど、アトラクションに乗れば乗るほどよほど楽しいのか、無邪気に笑うようになった。

「弦さん、次はあれに乗りたいです」

「あぁ」

最初は俺が未来の手を引いていたというのに、いつの間にか未来が俺の手を引いて先を行く。

彼女の小さな背中を見ながら歩くのは、なんとも不思議な気分だった。

目的のアトラクション乗り場に着くと、やはり長蛇の列ができている。最後尾に並ぶと時折聞こえてくる叫び声に、未来はわくわくしている様子。

その様子を微笑ましく眺めていると、なぜか急にハッとして青ざめた顔で俺を見た。

「すみません」

「なぜ謝る？」

「だって私、すごくはしゃいでしまって、弦さんのことを振り回していますよね？」

そっか、はしゃいでいるという自覚はあるんだな。きっとそれだけ楽しんでくれているということ。だとしたら本望だ。そんなの嫌に思うはずないのに。

「気にするな。俺は俺で楽しんでいるから」

付け足して言うと、未来は大きく目を見開いた。そしてジッと見つめてくるものだから、居たたまれなくなる。

俺が遊園地を楽しんでいることが、それほど驚くことなのか？

眉根を寄せると未来は慌てて言った。

「わ、わかりました！　……弦さんも楽しいならうれしいです」

そう言うと未来は、恥ずかしそうにする。

「……そうか」

『弦さんも楽しいならうれしい』――のか。

未来に言われた言葉を頭の中で繰り返すと、なんとも言えぬ気持ちになる。そして伝染したように気恥ずかしくて、未来の顔が見られなくなってしまう。

待つ間、お互い口を開くことはなかったが、決して居心地が悪いものではなかった。言葉を発しなくても未来が隣にいるだけで心地よい。

四十分待ってアトラクションを乗り終えた頃には、十二時を回っていた。

「そろそろお昼にしようか。なんでも食べたいものを選んでくれ」

飲食店が掲載されているページを開いたパンフレットを渡すと、未来は戸惑っている様子。

「いいんですか？　私が選んで」

「あぁ。俺はなんでもいい」

そう言うと未来は目を輝かせた。

「えっと……実はさっきからずっと、すれ違う人たちが食べているものが気になっていて」

　未来が指差したのは、食べ歩きできるチキンとチュロス。

「こういうの、あまり食べたことがないので食べたいです」

「了解。好きなだけ買ってやる」

　初めて食べたいものを言ってくれたのがうれしくてそう言うと、未来はフフッと笑った。

「弦さん、ひとつずつで十分です」

　クスクスと笑いながら言う姿に目が離せなくなる。

　未来の笑った顔を初めて見たが、そうか。……未来はこんなにかわいい顔をして笑うんだな。

　笑うとえくぼができて愛らしい。ずっと見ていたいほどだ。

　しばし眺めていると未来のお腹《なか》が鳴った。

「あっ」

　咄嗟にお腹に手をあてると、未来の顔は見る見るうちに赤く染まっていく。

　これには思わず笑ってしまった。

「アハハッ。悪かった、もっと早く昼飯にすればよかったな」

「いいえ、その、違うんです！　ただ単にお腹が鳴っただけで、決して空腹というわけではなくてですね……！」

よほどお腹が鳴ったことが恥ずかしいのか、必死に否定する姿もかわいいんだからどうしようもない。

「わかったよ、早く行こう」

笑いをこらえながら彼女の手を取ると、「本当に違いますからね」と念を押してくるものだから、また笑ってしまった。

未来といると調子が狂う。きっと会社の者が今の俺の姿を見たら驚くだろう。

遊園地で年甲斐もなく楽しみ、彼女の言動に声をあげて笑っているのだから。

おいしそうにチキンとチュロスを食べる未来を眺めては幸せな気持ちになり、その後も閉園時間まで彼女とともに遊園地を満喫した。

週明けの月曜日。遊園地に行ったらどうかと提案してくれたお礼とともに未来の様子を話すと、竹山は目を細めた。

「そうですか、婚約者様に予想以上に楽しんでもらえたならよかったです」

「あれほどはしゃぐ姿は初めて見たし、なにより笑った顔も見ることができたよ」

今も未来の笑顔が脳裏に焼きついていて、気を緩めたらにやけそうになる。

週末のことを思い出していると、急に竹山は神妙な面持ちで切り出した。

「専務、始業前にお話したいことがございます。……婚約者様と樋口家の調査結果が出ました」

竹山の話に緊張が走る。すると彼は手にしていた封筒を俺のデスクの上に置いた。

「こちらが樋口未来さんと樋口家の調査報告書です」

「ご苦労だった」

手に取って封筒の中から数枚の書類を抜くと、まずは未来の生い立ちが詳しく書かれていた。

「……今の母親は、本当の母親ではないんだな」

「はい、そのようです。未来さんが幼い頃に病気で他界されたそうです。樋口社長は奥様がご健在中に関係を持っていた女性と再婚されたようですね。そこから未来さんはだいぶご苦労されたかと」

「そのようだな」

よくもここまで細かく調べられたものだ。

目を通していくたびに心が痛む。

未来は継母に厳しくしつけられてきたようだ。習いごとの多さにも驚いたし、高校生まではほとんど家と学校の往復しかしていない。

やっと大学生になって自由な時間を少し与えられ、友達と過ごす時間も増えたと書いてある。

父親も継母の手前、未来には冷たくあたっていたとは……。

裕福な暮らしをしているはずなのに、自由に使えるお金をほとんど与えてもらえず、両親には親らしいことをいっさいしてもらえていない。

それでも未来は逆らうことなく、両親に言われるがまま生きてきた。

報告書を読むとすべて辻褄《つじつま》が合う。きっと俺との結婚も両親に言われてのもの。拒否権などなく、むしろ破談になるものならひどく叱られると思っていたのだろう。

だから顔合わせの日に、あんなに怯えていたのかもしれない。

欲しいものも食べたいものも言わないのは、ワガママを言ったことがないからだ。

甘やかされることなく育ったのだと思うと、つらく苦しい。

「今の母親は未来さんのことを、ずっと疎ましく思っていたようです。実子である弟さんのことをたいそうかわいがり、愛情をすべて注いできたようですね」

「そうだな」

しかし継母はともかく、父親である樋口社長はそんな娘を見て胸を痛めることはなかったのだろうか。実の娘だというのに……。

未来の気持ちを思うといつの間にか手に力が入り、書類に皺ができていた。

「専務と一緒になられることで、少しでも未来さんが幸せを感じてくださるといいですね」

「……あぁ」

未来の生い立ちを知り、俺の手で彼女を幸せにしたいと強く思う。

それと同時にはっきりと自覚した。未来のことが好きなのだと。決して事情を知り、同情したからではない。ともに過ごした時間の中で彼女のことを知れば知るほど守ってやりたいと思った。これほど強く惹かれる相手は初めてだ。昔の苦い思い出を忘れるほどに。

「竹山、四月までの仕事の状況をまとめてくれないか？」

「四月までのですか？」

「そうだ。式を挙げるのは四月だ。できる限り準備は彼女としたい。一生に一度のことだしな」

任せっきりにしたくない。なにより俺は未来のことが好きだ。好きな以上、決してこれは愛のない政略結婚ではない。

今すぐには無理でも、いつか未来にも俺を好きになってもらい、本当の夫婦になっていきたい。

そのためにも、できる限りふたりの時間を積み重ねていこう。

「かしこまりました。早急にまとめてスケジュールのほうを調整いたします」

「よろしく頼む」

これまで仕事に身が入らなかったのが嘘のように、それから俺は仕事に没頭していった。

もちろん未来と過ごす時間もできる限り取った。

少しずつ距離が縮まっていると感じ始めた頃。俺たちの挙式、披露宴は多くの招待客を招いて執り行われた。

「それでは誓いのキスを」

親族や友人たちに見守られ、純白のウエディングドレスを身にまとった未来と向かい合う。

ゆっくりとベールをまくると見えた未来は、しっかりとメイクされていて、とても大人っぽくて綺麗だ。そして緊張しているように見える。

それもそのはず。俺と未来は、手をつなぐくらいしか触れたことがなく、今日初めてキスを交わすのだから。

彼女の両肩に手を乗せて、ゆっくりと近づく。俺のスピードに合わせてギュッと目を閉じた未来に、そっとささやいた。

「生涯かけて、キミを幸せにすると誓う」

「えっ？」

目を開いた未来にキスを落とす。それは彼女と交わす初めての口づけ。

永遠の愛を誓うと同時に、俺の生涯をかけて、キミを幸せにすると誓おう。

再び弦さんと眠りにつき、目が覚めると隣に彼の姿はなかった。

飛び起きて時間を確認すると七時半を回っていた。

「嘘、もうこんな時間？」

ベッドから下りて廊下に出るとシンとしていて、人の気配がない。弦さんはもう仕事に出たのだろうか。

リビングに入ると、おいしそうな匂いが鼻をかすめる。それもそのはず、テーブルの上には弦さんが作ってくれた朝食が並べられていた。それと綺麗な字で書かれた手紙も。

【よく寝ていたから起こさずに行く。今夜は遅くなるから待たなくていいよ】

用件のみが書かれた短い手紙を何度も読み返す。そして次にリビングに目を向けた。

結婚を機に弦さんが購入したのは、都内の超高層マンションの最上階の部屋。４ＬＤＫの広々とした間取りで、ふたりの寝室のほかにそれぞれの個室もある。

家具や家電など、すべて私の希望を取り入れてくれた。最初は申し訳なくて、どんなものでもいいと言ったのに、「そういうわけにはいかない」と弦さんはなかなか引き下がらず。

ひとつひとつ、ふたりで選んで買い揃えていった。いや、家具や家電だけではない。忙しい仕事の合間を縫って、結婚式の準備も一緒に進めてくれた。多くの招待客の中には、弦さんの親族や大事な取引先もいて不安だったけれど、彼のおかげで結婚式は滞りなく進み、私にとっても思い出に残る素敵な結婚式にすることができた。

歩を進め、向かう先はリビングの棚に飾られている結婚式の写真。

ウエディングドレスとタキシード姿で写る私たちは、幸せな新郎新婦のよう。でも実際は違う。愛のない政略結婚のはず。

「挙式の時、どうして弦さんはあんなことを言ったんだろう」

『生涯かけて、キミを幸せにすると誓う』

私にしか聞こえない小さな声でささやいた言葉は、あまりに衝撃で耳を疑った。

弦さんだって私と同じように、両親に言われて仕方がなく結婚を受け入れただけでしょ？

それなのに結婚するまで私と過ごす時間を多く取り、デートだと言って様々な場所へ連れていってくれた。

最初は緊張でいっぱいだったけれど、会う回数を重ねるごとに楽しんでいる自分もいて、なにより彼と過ごす時間はとても心地よいものだった。

口数は少ないし、なにを考えているのかわからない時もある。でも時折見せる笑顔や、優しさに何度も心がときめいた。

弦さんは噂で聞いていたような人ではない。冷酷な人なんかじゃなかった。彼のことを知れば知るほど、ドキドキしている自分がいて本当にどうしたらいいのか……。

再びテーブルに戻り、弦さんが用意してくれた朝食をいただく。

彼は料理がとても上手だった。和食から洋食、中華までなんでも作れてしまう。

節子さんに言われ、教室に通ってまで料理の腕を磨いてきた私が舌を巻くほど。

「おいしい」

彼が作ってくれた厚焼き玉子はとても絶品。形も色も綺麗だ。

完食して片づけを済ませると、家事をする前に弦さんにお礼のメッセージを送った。

【今朝は起きられず、すみませんでした。朝食とてもおいしかったです。ありがとうございます。お仕事がんばってください】

絵文字を入れるか毎回悩むけれど、今回も入れることなく送信。そのまま家事に取りかかるものの、ふとした瞬間に弦さんのことばかり考えてしまう。

そもそも結婚の話を両親から聞かされた時には、こんな生活が始まるとは夢にも思わなかった。

愛のない政略結婚とはいえ、夜の情事は避けて通れないと覚悟していた。後継ぎを所望されているはずだし。

彼にとって義務的なものだと思っていたのに……。

昨夜のことを思い出し、掃除をする手が止まる。

初めての夜も弦さんはとても優しかった。常に私の体を気遣い、まるで壊れものを扱うように触れてくれて……。それは彼に愛されていると錯覚するほど。結婚して三ヵ月、ほとんどの夜を彼と過ごしている。

新婚だとあたり前のことなの？　それとも早く子供が欲しいから私を抱いているだけ？　……妊娠したら、今のように触れてくれなくなるのだろうか。

そう思うとひどく寂しいと思う自分がいて、動揺してしまう。

なに？　寂しいって。私、どうかしちゃってる。

結婚した以上、弦さんに言われた通り家事を完璧にこなし、早く後継ぎを身籠ること。そして生まれた子供をしっかり育てることだ。

決して弦さんのことを好きになってはいけない。好きになったって、母みたいに傷つくだけだもの。

仮に想いが通じ合ったとしても、高校生の時に経験した苦い初恋のように、心変わりされることだってある。それなら最初から好きにならなければいい。好きになってしまったら、自分がつらくなるだけ。

いいじゃない、こんな素敵なマンションに住むことができて、なに不自由ない暮らしが約束されているのだから。これ以上を望んだらバチがあたる。

そう自分に言い聞かせて、掃除を再開させた。

この日の夜。遅くなると言って出かけていったのに、弦さんが帰ってきたのは二十時過ぎだった。

「悪い、遅くなって」

「あ、いいえ」

玄関で出迎えた私は拍子抜けしてしまう。

いや、たしかに結婚してからというもの、弦さんは十九時前には帰ってきていた。だけど、そのためにどうやら毎日仕事を持ち帰っているようで、一緒に夕食を済ませた後、自分の部屋にこもることも多かった。

これも愛されていると勘違いしそうになる要因のひとつだった。もしかしたら彼は、私との時間を少しでも多く過ごそうとしてくれているのかもしれないと。

今夜だってそうだ。まだ二十時だというのに、『悪い、遅くなって』だなんて……。

気持ちが大きく揺れる中、彼の半歩うしろについてリビングへ向かう。

「夕食は済ませた？」

「まだですけど、あのすみません。今夜は遅くなると聞いていたので、簡単なものしか用意していなくて……」

てっきり深夜になると思っていた。父も『遅くなる』と言って出かけると、帰ってくるのはいつも日付が変わってからだったし。

だから遅い時間にでもちょっと食べられる、野菜をたっぷり入れたうどんにしてしまった。夕食としては手抜きだけれど、私ひとりだったらなんでもかまわないと思ったのだ。

いつも必ず五品以上おかずを用意していたというのに、うどんの用意しかしていないとは言いづらい。

すると彼はジャケットを脱いでソファにかけると、キッチンへ向かう。

「あっ……！」

慌てて後を追うと、弦さんは鍋の蓋を開けた。

「うまそう。用意してくれる？　その間に着替えてくるよ」

「え？　あ、わかりました」

返事をすると彼はキッチンから出ていく。そのうしろ姿を見送り、廊下へ続くドアが閉まると同時に不安と後悔に襲われた。

ちゃんと帰る時間を聞いておけばよかった。その時間帯に合わせて料理を作るべきだったんだ。

それにしてもいいのかな？　仕事で疲れているはずなのに、夕食がうどんだけで。申し訳ない……。

それでも言われた通り、彼が着替えている間に麺を茹でてどんぶりに盛る。テーブルに運ぶと、ラフな服に着替え終わった彼が入ってきた。

向かい合って座り、手を合わると「いただきます」と言って食事が始まる。それが私たちの日常。食事中の会話は少なめ。

話をするといっても、弦さんに「今日はなにしていた？」とか、そういった些細なことを聞かれ、それに対して私が答えるだけだった。自分から話しかけることはほとんどなかったけれど……。

意を決し、うどんをする彼に切り出した。

「あの、大丈夫ですか？　うどんだけで」

心配で聞くと、彼は感情の読めない顔で「大丈夫」と言う。

大丈夫なのかな。物足りなくない？　本当は怒っているのでは？

あらゆることを考え始めたら、自然と箸が止まる。そんな私を見て弦さんは小さく息を吐いた。

「本当に大丈夫だから。……未来は少し気にしすぎるところがあるな」

「すみません」

咄嗟に謝ると、弦さんは先ほどより深いため息を漏らした。

やっぱり怒っているのだろうかと不安になっていると、彼は箸をテーブルの上に置き、真っ直ぐに私を見つめた。

「謝ってもらうことなんてなにもない。むしろお礼を言いたいくらいだよ。……いつも感謝している。家のことをしてくれて、毎日おいしい料理を作ってくれて、ありがとう」

毎日残さず食べてくれていたけれど、私が作った料理をおいしいと言ってくれたのは初めてだ。

「だけどたまには楽をしたっていい。俺もできる限り協力する。だからもっと家ではリラックスして過ごしてほしい」

これはどういう気持ちで言ってくれたのかな。私があまりに弦さんの顔色ばかりうかがっているから鬱陶しくて？

わからない、弦さんがなにを考えているのか。

だけど「はい」と答えると、彼は再び箸を手にして食べ進めていく。

弦さんは私のことをどう思っているのだろうか。一緒に暮らしているのに、彼の心が見えない。

いや、私は知ってどうするつもり？　彼にどう思われていたいの？

考えれば考えるほど頭がいっぱいになり、なかなかうどんが進まなかった。

食べ終えると少し休んだ後に弦さんが先にお風呂に入り、私もすぐ続いて入った。

バスルームを出てリビングに戻ると、珍しく彼は仕事をすることなくテレビを見ている。

そして私が来たことに気づくとテレビを消し、ソファから立ち上がった。彼はなぜか眉間に皺を刻み、難しい顔をしている。

なにかあったのかな。

様子をうかがっていると、弦さんは面倒そうに言った。

「未来、さっき父さんから連絡がきた。次の土曜日、母さんとふたりでうちに遊びに来たいそうだ」

「土曜日ですか？」

今日は木曜日。ということは明後日に来るということだ。

あまりに急な話に唖然となっていると、弦さんは私の顔色をうかがう。

「急な話だし、嫌なら断る」

「いいえ、大丈夫です」

断るなんてとんでもない。だけど、どうして急にお義父《とう》さんとお義母《かあ》さんはうちに来たいと言いだしたのだろうか。

私は弦さんの相手としてふさわしいかどうか、見に来るとか？　それとも三ヵ月経つのにまだ子供はできないのかと催促するために来る？

どんな理由で来るかわからないけれど、精いっぱいもてなさないと。

「何時頃いらっしゃるのでしょうか？　なにか用意したほうがいいですよね」

「いや、どこか食べに出ればいい」

「そういうわけにはいきません。大丈夫です、私に用意させてください」

だって弦さんのご両親も、家政婦さんを雇うことなく生活をされているんでしょ？

それなのに、手料理でもてなさないわけにはいかないもの。

はっきりと自分の意見を言うと、弦さんは目を瞬かせた。

「そう、か。じゃあ頼む。ふたりはとくに嫌いなものはないし、なんでも喜ぶと思う。来る時間については明日聞いておく」

「わかりました。ありがとうございます」

任せてもらえるようでよかった。ホッと胸をなで下ろす。

じゃあ明日は買い出しにいかないと。下準備もしておいたほうがいいよね。

明日の段取りを頭の中で考えていると、急に体が宙に浮いた。

「きゃっ⁉」

びっくりして咄嗟に掴んだのは、彼の逞《たくま》しい肩。

「え？　あの弦さん？」

どうして私、弦さんにお姫様抱っこされているの？

ドギマギしている間にも、弦さんは軽々と私を抱きかかえたまま歩を進め、なにも言わずにリビングを出る。廊下を進み、向かう先は私たちの寝室。

月明かりを頼りに、部屋の中央にあるキングサイズのベッドに優しく下ろされると、すぐに弦さんが覆いかぶさってきた。

一度触れるだけのキスを落とすと、私の首筋に顔をうずめた。その瞬間、彼の熱い吐息がかかり体がゾクリとなる。

「あ、あの弦さん、その……するんですか？」

昨夜あんなにいっぱいしたし、今日はいつもより帰りが遅かったもの。疲れているんじゃないの？

すると弦さんは顔を上げて、ジッと私を見つめる。

「嫌か？」

聞かれたひと言に、ゆっくりと首を横に振った。

嫌じゃない。こうして弦さんに触れられると、幸せな気持ちになれるから。ただ恥ずかしくて、そして弦さんに抱かれることに慣れるのが怖いだけ。

「嫌じゃないなら続ける」

そう言うと、弦さんは優しく私の体に触れる。

もう何度も抱かれているのに、毎回心臓が壊れそうなほどドキドキする。

「未来」

切なげに私を呼び、艶やかな瞳を向けられると、胸がしめつけられて苦しい。

「弦さん」

彼に求められることがうれしくて手を伸ばすと、その手を握ってくれ、そして抱きしめてくれる。

今夜もやっぱり勘違いしてしまいそうになった。私は弦さんに愛されているのだと……。


次の日。

お昼休みに弦さんがお義父さんに明日の都合を聞いてくれて、十一時頃に来ることになったという連絡がきた。

さっそく近所のスーパーに買い出しに出かけた私は、メモを片手に次々と食材をかごに入れていく。

お昼ご飯はもちろん、その後はお茶するだろうし、クッキーかシフォンケーキでも作ろうかな。

結納と結婚式の時しかお会いしたことがないけれど、お義父さんもお義母さんも優しそうな人だった。

でもあまり言葉を交わしていないし、私のことをどう思っているのかわからない。

明日は粗相のないようにしないと。


前日から準備を進め、迎えた土曜日。

私は朝から料理に取りかかり、弦さんも手伝ってくれた。

「すごいな、クッキーにシフォンケーキまで用意したのか」

「はい、お茶する時にと思って」

焼き上がったクッキーとふわふわのシフォンケーキ。失敗しなくてよかった。

「俺、料理するのは好きだけど、お菓子だけは作れないんだ」

「そうなんですか？」

「あぁ」

意外、あんなになんでもおいしく作れちゃうのに。

「味見してもいい？」

「はい、もちろんです」

焼きたてのクッキーをのせたお皿を差し出すと、なぜか弦さんは手に取ることなく口を開けた。

「あーん」

えっ？　これってもしかして、食べさせろってこと？

アタフタしていると、弦さんは「早く」と催促してくる。これは食べさせないといけないようだ。

「まだ冷めていないので、少し熱いですよ」

一枚手に取って彼の口に運ぶと、パクッと頬張る。モグモグしながら「うまい」と言って顔を綻ばせたその姿がかわいくて胸がきゅんとした。

「未来も味見」

「私もですか？」

「うん。ほら、口開けて」

そう言って口もとにクッキーを持ってきた彼。恥ずかしさでいっぱいになりながらも口を開けると、クッキーを食べさせてくれた。

ほどよい甘さに仕上がっていて、これならお茶うけによさそうだ。

ごくんと飲み込むと、今度はシフォンケーキを食べさせてと言う。そして先ほど同様、私が食べさせると弦さんも私に食べさせてくれた。

恥ずかしがる私を見るのがおもしろいのか、また食べさせようとしては笑う弦さん。なんだかまるでアツアツの新婚夫婦のようなやり取りに、胸が熱くなる。

私は会社での弦さんを知らない。社交の場で見かけた時は、冷たい印象を抱いた。もしかしたら会社でも噂で聞くように、クールなのかもしれない。

でも今、目の前にいる彼は？　時折見せる笑顔は素敵で、とにかく優しい。冷酷だなんてとんでもない。

私と一緒にいる時の弦さんが、本当の弦さんなのかな。もしそうなら、家ではリラックスしてもらえているのだろうか。

そんなことを考えながらも手を進め、完成した料理の数々。

「お昼はちらし寿司か」

「はい。見た目も華やかでいいかなと」

ほかにはサラダや漬けものに唐揚げ、それとすまし汁などを用意した。時刻は十一時前。そろそろふたりが来る時間だ。

昨日隅々まで掃除したが、汚れなどないかエプロンを外して最終チェックする。

そうこうしている間にインターホンが鳴った。

モニターを確認した弦さんが「着いたようだ」と言った瞬間、緊張が走る。

彼に続いて玄関へ向かい、ドアを開けると、弦さんのご両親が笑顔で立っていた。

「こんにちは」

「未来ちゃん、久しぶり。元気だったかしら。寂しかったわよ、なかなか会えなくて」

口々に言われ、慌てて頭を下げる。

「ご無沙汰しております」

月に一度は彼の実家へ顔を出すべきだったのかも。三ヵ月経っても来ないから、痺《しび》れを切らしてこうして訪ねてきたのかな？

そう思うとますます緊張してしまう。

すると弦さんが私の腰に腕を回した。自分のほうに引き寄せると、お義父さんとお義母さんに向かって言う。

「俺が休日は未来と一緒に過ごしたかったんだ。それに未来にはまず、俺との生活に慣れてもらいたかった。だからあえて実家には顔を出さなかったんだ」

嘘、本当に？　でもきっと私が困っていたから、こうして言ってくれたんだよね。

本音かどうかは定かではないが、彼の気持ちがうれしい。

すると弦さんの話を聞いたふたりは、顔を見合わせて笑う。

「あぁ、わかってるよ。しかし父さんたちだって未来さんと早く仲よくなりたい」

「もうお父さんったら、毎日のように弦に未来ちゃんに会わせろって連絡していたんですって？　ごめんね、忙しいのに。……でも、私も未来ちゃんと会いたかったから、こうして念願叶ってうれしいわ」

お義父さん、お義母さん……。

こういうことに慣れていない私は、どんな反応をしたらいいのかわからなくて、なにも言えなくなる。

すると弦さんが口を開いた。

「上がって」

「そうね、いつまでも玄関で話しているのも変よね」

「そうだな、お邪魔するよ」

私が困っていることに気づいてくれた？　ううん、ただの偶然だよね。ずっと玄関で立ち話をしているわけにもいかないから、『上がって』と言ったにすぎない。

そう言い聞かせなければ、自分にとって都合のいいことばかり考えてしまう。

家に招き入れてリビングに案内すると、ふたりはさっき並べたばかりの料理の数々を見て歓声をあげた。

「まぁ、すごいごちそうじゃない」

「すまないね、気を使わせてしまい」

「いいえ、そんな。あの、お口に合えばいいのですが」

味見はしたし、弦さんもおいしいって言ってくれたけれど、やっぱり不安。

私と弦さん、お義父さんとお義母さんがそれぞれ並んで座り、さっそくふたりとも料理に箸を伸ばした。私はただ様子をうかがう。

するとふたりは笑顔で言った。

「おいしいわ」

「あぁ、ちらし寿司も華やかでいいな」

「よかったわね、お父さん。お寿司好きですもんね」

そうだったんだ。じゃあなおさらちらし寿司にしてよかった。

「弦は幸せ者ね。こんなにかわいくて料理上手なお嫁さんをもらって」

「本当だな。この年になるまで、結婚を待った甲斐があるな」

ふたりに言われ、またなんて返したらいいのかわからなくなる。

そもそもふたりは、きっかけは政略結婚であれ、私と弦さんはお互いを好きになって結婚したと思っているのかな？　だからさっきみたいなことを言ったの？

それよりも弦さんはどう思っているだろうか。

チラッと隣に座る彼を見ると、ご両親に向かって口を開いた。

「俺もそう思っているよ。……未来と出会うきっかけをくれた父さんと母さんには感謝している」

思いがけない話に呆然となる。

それは弦さんの本心？　ただ、親にうまくいっていると思わせるための出任せ？

だけど弦さんの話を聞いたふたりは、うれしそうに顔を綻ばせた。

「まぁまぁ、弦ったら」

「結婚してからというもの、仕事も早く切り上げて帰っているそうじゃないか。まったく、結婚前は想像できなかったな。こんなに弦が愛妻家になるとは」

冷やかすご両親に照れているのか、珍しく弦さんは顔をしかめた。

「いいから早く飯を食えよ。せっかく未来が作ってくれたんだから」

ぶっきらぼうに言う弦さんがなんだかかわいくて、胸がときめく。

八歳も上の大人の男性だと思っていた彼に、こんな一面もあったんだ。

「はいはい、わかったわよ」

「腹を空かせてきてよかったな、母さん。こんなにたくさんの料理を用意してくれたなんて。じっくり味わわないと弦に怒られそうだ」

またからかうお義父さんに弦さんは鋭い眼差しを向けるものだから、私とお義母さんは思わず笑ってしまった。

そんな私を見て弦さんは目を見開いた後、私につられるように笑う。

たわいない話をしながら食事は進み、食後のデザートに、珈琲《コーヒー》とさっき焼いたクッキーに生クリームを添えたシフォンケーキを出した。

「え？　これも未来ちゃんが作ってくれたの？」

「店で売っているような出来だな。うまい」

昼食も残さず食べてくれたのに、デザートまでふたりは完食してくれた。

「本当においしかったわ」

「未来さん、ごちそうさま」

ふたりに喜んでもらえたみたいで本当によかった。

すると隣に座っている弦さんが、ふたりには見えないように机の下でそっと私の手を握った。

びっくりして彼を見ると、『よかったな』と言うように口もとを緩めた。

どうしよう、胸が苦しい。どうして弦さんはこんなにも優しくて、私の気持ちにいつも寄り添ってくれるのかな。

お義父さんとお義母さんの存在を忘れ、つい彼と見つめ合ってしまう。

するとお義父さんは大きく咳払いをした。

「夫婦の仲がいいのはいいことだが、父さんたちがいることも忘れないでくれ」

「あら、私はべつにかまわないのよ。幸せな息子の姿をもっと見ていたいわ」

そう言われ、私と弦さんは非常に居たたまれなくなる。そして彼は、「そうやって子供をからかって楽しいのか？」なんて悪態をつく。

それにしてもお義父さんとお義母さんが来てからというもの、驚きの連続だ。

私の実家では考えられない家族の団らん。でもこれがあたり前なのかな。実の両親となら、いくつになっても砕けたやり取りをできるものなの？

なにが普通なのかわからない。でもたしかなのは、弦さんのように私は自分の両親に悪態などつけないということ。

やっぱり私と両親の関係は、普通ではないのだろう。

今さらながらに思い知らされ、泣きそうになる。和やかな空気を壊さないよう、必死に涙をこらえながら残っているシフォンケーキを口に入れた。

なんだか味けない。さっき、弦さんと味見をした時はすごくおいしく感じたのにな。冷めてしまったから？

黙々と食べ進めていると、急に弦さんに「未来」と呼ばれた。横を見ると彼の親指が私の口もとをなでる。

「クリームついているぞ」

「えっ？　あっ」

弦さんはあきれたように言うと、親指についたクリームをぺろりとなめた。

う、嘘……！　弦さんってば今、なめたよね？

声にならずにいる私とは違い、弦さんはいたって普通。

こんなにドキドキしているのは私だけ？　そう思うと寂しさを覚える。

コロコロと変わる感情と気持ちの起伏に戸惑う。

それでもどうにか私もシフォンケーキを食べ終えると、お義父さんとお義母さんが真剣な面持ちで話し始めた。

「今日、こうして母さんとふたりに会いに来たのは、未来さんに伝えたいことがあったからなんだ」

「……はい、なんでしょうか」

私に伝えたいことってなに？

返事をするも、緊張が走る。

「結納の日も結婚式の日も、ゆっくり話す機会がなかったでしょ？　ずっと未来ちゃんに言いたいことがあったの」

そう言うとお義母さんとお義父さんはひと呼吸置き、ゆっくりと口を開いた。

「未来さん、私たちと家族になってくれてありがとう」

「私とお父さんは、未来ちゃんのことを本当の娘だと思っているわ。すぐには無理かもしれないけど、未来ちゃんにも本当の父親と母親のように甘えてほしいし、頼ってほしいと思っているの」

「なにかあれば力になる。もし、弦と喧嘩《けんか》をしたらうちに来るといい」

「それはいいわね。盛大にもてなすわ」

思いがけない温かい言葉の数々に目頭が熱くなる。

私はなんて幸せ者だろうか。義理の娘という立場なのに、ここまで気にかけてもらえるなんて……。

「ありがとう、ございます」

声を震わせながらもどうにかお礼を言うと、お義父さんとお義母さんは微笑んだ。

「未来ちゃん、ゆっくりでいいから私たちと家族になっていきましょう」

「これからはもっと一緒に過ごす時間をつくろう。そうだ、今度はぜひうちに遊びに来てほしい」

「そうね、今度は私たちが精いっぱいもてなすわ」

「……はい！」

うれしくて笑顔で返事をすると、弦さんはポンと私の頭をなでた。びっくりして隣を見ると、優しい目を向けていた。

「ふたりで今度、行こう。ゆっくり俺たちと家族になってくれ」

「は、い」

どうして弦さんはこんなにも優しくしてくれるんだろう。彼にとって私は、ただの政略結婚の相手ではないの？

疑問を膨らませていると、弦さんの表情は一変。お義父さんに鋭い眼差しを向けた。

「それと言っておくが、未来と喧嘩することなんてないから。たとえ喧嘩したとしても、父さんたちのところには行かせない。……その前に俺から謝るさ」

それはつまり、喧嘩の原因が私にあるとしても弦さんから折れるってこと？

私がそう理解したところで、お義父さんとお義母さんは声をあげて笑いだした。

「アハハッ！　弦、お前本当に未来さんにベタ惚れだな」

「今の弦の姿を会社の人が見たら、別人だと思うわよ？　きっと」

「なんとでも言え。俺は他人にどう思われようが気にしない」

きっぱりと言ったところで、弦さんのスマホが鳴った。どうやら会社からのようで彼は「悪い」と言って席を立ち、リビングから出ていった。

　さっきのも、ご両親を安心させるための嘘？

　混乱していると、廊下で話をしている弦さんに聞こえないよう、お義父さんが声を潜めた。

「私は結婚してからずっと未来さんに会いたくてね。毎日のように弦に会わせろと催促していたんだ。……でもあいつときたら、未来さんのことを心配して会わせてくれなくてね」

「私の心配、ですか？」

　オウム返しすると、お義父さんはうなずいた。

「大学を卒業してすぐに弦と結婚し、新しい生活に慣れようとしているのに、私たちに会うことで負担をかけたくないと言ったんだ。だから会うのは、未来さんが弦との生活に慣れてからにしてくれと」

「仕事ばかりで結婚もせず、このままずっとひとりでいるんじゃないかって心配していたの。だから今のあの子を見ているとうれしくて。ありがとうね、未来ちゃん。弦と一緒になってくれて」

「そんなっ……！　お礼を言うのは私のほうです」

私なんかと結婚してもらえて感謝しかない。おかげで私は、今までの生活とは比べものにならないほど、幸せな毎日を送れているのだから。

するとお義父さんは、神妙な面持ちで聞いてきた。

「未来さんは弦と結婚して、幸せですか？」

もちろんだ。自信を持って言える。私は弦さんと結婚して幸せだと。

「……はい、幸せです」

私の言葉を聞き、ふたりは安心した顔を見せた。

「それならよかった。弦と結婚したことで、未来さんにつらい思いをさせていたら、ご両親に顔向けできんからね」

「大切なお嬢さんをもらったんですもの、弦だけじゃなくて私とお父さんにも未来ちゃんを幸せにする使命がある。だから本当に遠慮なく私たちをいつでも頼ってね」

これが本当の両親の姿なのかな。ううん、お義父さんとお義母さんが特別なんだ。だって普通、息子の嫁である私にここまで優しくしてくれないよ。

ずっと家族に愛されることをあきらめてきた。……でもそんなことない、弦さんのご両親には、たとえ血がつながっていなくても愛してもらえると信じてもいい？

その思いが強くなり、思いきって聞いた。

「あの、いいんでしょうか？　……お義父さんとお義母さんに本当の娘のように頼ったり、甘えたりしても」

心臓をバクバクさせながら聞いた私に、ふたりはすぐに答えてくれた。

「そうしてくれると私たちもうれしい」

「私ね、ここだけの話、本当は女の子が欲しかったの。だから娘ができてうれしいの。未来ちゃん、今度ふたりで出かけましょう」

「それはいい。弦がいなくても実家にいつでも来てくれてもいいよ。弦の幼い頃の写真など見せてやろう」

「そうね、弦がいたら絶対見せちゃだめって言うだろうし」

盛り上がるふたりの前で、私はこらえきれず涙がこぼれ落ちた。

「どうしたんだ？　未来さん」

「やだ、私たちなにか嫌なことを言っちゃったかしら」

慌てるふたりに対して首を横に振った。

「違うんです、すみません。……うれしくて」

あふれる涙を拭い、真っ直ぐにふたりを見つめる。

「ありがとうございます。こんな私ですが、末永くどうぞよろしくお願いいたします」

深々と下げた頭を上げると、驚くことにお義母さんまで目に涙をいっぱいためていた。そして私と目を合わせると、優しく微笑んで言葉を続ける。

「弦はいい子と巡り合えて、本当によかったわ。未来ちゃん、こちらこそよろしくね」

お義母さんにつられて、私も涙が止まらなくなる。

家族になりたい。お義父さんとお義母さん、そして……。

「未来ちゃん……」

私とお義母さんが泣いていると、お義父さんももらい泣き。三人で笑いながら泣いているところに、電話を終えた弦さんが入ってきた。

「おい、これは何事だ？」

私の隣に座ると、弦さんは心配そうに私の顔を覗き込む。

「どうしたんだよ、泣きながら笑うなんて」

「あまりこすらないほうがいい。目が腫れるよ」

そう言って優しく涙を拭ってくれる弦さんと、家族になりたい。

弦さんがどんな気持ちでいるのか、今後彼の気持ちがどう変わってしまうのかわからない。もしかしたら父みたいに、浮気をするかもしれない。

「すみません、ありがとうございます」

たとえそうなってもかまわない。……愛されなくてもいい、私はこの家族の一員になりたい。

三人と一緒にいて、心から強くそう願った。

ありのままの私を好きになってほしい

地上三十七階にあるラウンジには、床から天井まで広がる大きなガラス窓があり、そこからは東京《とうきょう》の絶景はもちろん、今日のようにお天気がいい日は富士山《ふじさん》まで見晴らせる。

アンティーク調のソファやテーブルが設置され、とてもシックな場所で私は高校時代からの親友、林美香《はやしみか》とアフタヌーンティーを楽しんでいた。

美香とは同じ大学に進学した。大人っぽくて綺麗な子だ。

卒業後はファッション雑誌の編集者の職に就き、先輩について今は必死に仕事を覚えているところらしい。

見た目も美しいケーキやスコーン、サンドイッチ。それと珍しい紅茶も味わえるフリードリンクに、私と美香は舌鼓を打つ。

「夢みたい。ここのホテルのアフタヌーンティーってなかなか予約が取れないのに。これも全部、未来の旦那様のおかげだね」

夢見心地の美香の言う通り、こうして予約が難しいホテルのラウンジでアフタヌーンティーができているのは、すべて弦さんのおかげ。

お義父さんとお義母さんに、もっと弦さんにもワガママ言って甘えてもいいんだよと言われた。

結婚後、働いている彼に申し訳なくて、日中出かけたいとはなかなか言えなかったけれど、思いきって聞いてみた。

今度、友達と出かけてきてもいいですか？と。

すると弦さんはあっさり了承。そればかりか、久しぶりに会うんだからゆっくりしてくるといいと言って、このホテルのアフタヌーンティーを予約してくれたのだ。

「未来から結婚するって最初に聞いた時はすごく心配したけど、なんかうまくいっているみたいじゃない？」

「……うん、そうかも」

弦さんとの関係は順調だと思う。彼の本心は読めないが、とても大切にしてくれているのが伝わってくるし、家族になろうとしてくれている……と、思う。

「それに未来、すごく綺麗になったね。ふふふ、愛されている証拠かな」

ニヤニヤする美香をジロリと睨みながら「からかわないで」と言うと、彼女は「本当のことなんでしょ？」とますます茶化す。

だけど少し経つと表情はガラリと変わり、美香は真剣な顔で言った。

「つらい思いをしてきたことを知っている親友の立場からしたら、本当に未来が幸せそうで安心した。あれだけ未来に冷たくしていたくせに、結婚の自由まで奪うなんて、どんな親なの⁉って何度未来の親に言いに行こうと思ったか」

そうだ、美香はいつも私の味方だった。外部入学だった美香から声をかけてくれて、私たちは一気に仲よくなったんだよね。

明るくて前向きな彼女と一緒にいると、いつも自然と笑えるの。私の話を聞いてくれて、一番の理解者だと思っている。

そんな美香には、なんでも話せる。家庭のこと、そして弦さんとのことも。

「あのね、美香。本当に弦さんは優しくて大事にしてくれるの。でも、その……どうして弦さんはここまで優しくしてくれるのかわからなくて」

「そんなの、未来のことが好きだからじゃないの？」

間髪を容れずに言った美香に向かって、大きく首を左右に振った。

「ううん、そんなわけないよ。だって私と弦さんは政略結婚なんだよ？」

「きっかけはそうでも、実際に結婚して一緒に暮らし始めてから好きになることもあるじゃない。ふたりは結婚前にも何度もデートに行っていたし。現に未来がそうでしょ？　……弦さんのこと、好きなんでしょ？」

好き？　私が弦さんを？

「うん、好きだと思う。だから必死に気持ちに蓋をしているの」

「それはお父さんのことがあるから？　弦さんも浮気するんじゃないかって、不安に思っているとか？」

「……うん」

愛されていると勘違いしそうになるたびに、自分に言い聞かせている。好きになったって自分がつらい思いをするだけだって。

弦さんだって今は優しくしてくれるけど、この先もそうとは限らない。人の気持ちは変わるもの。

「でもきっと弦さんは、私のことを家族として接してくれると思う。たとえこの先、彼の心が変わっても」

それだけは信じたい。『ゆっくり俺たちと家族になってくれ』ご両親の前で言ってくれたこの言葉は嘘ではないと。

「私、弦さんと家族になれただけで十分なの。彼のご両親にも、本当の娘のように接してもらえているし。……今がすごく幸せだから、これ以上欲張って傷つきたくないのかもしれない。彼に愛されるわけがないって思っていれば、どんな未来が待っていても傷つくことはないでしょ？」

精いっぱいの強がりで無理して笑ってみせると、美香は悲しげに瞳を揺らした。

「未来の気持ちはわかるけど、傷つかないための予防線なんて張らないでよ。未来は誰よりも幸せにならなくちゃだめ！　私は弦さんのことを好きになってもいいと思うよ、だって未来たちは夫婦なんだから」

夫婦と言っても私たちは普通の夫婦ではない。愛し合う者同士がする行為を何度もしたって、心は違う。通じ合っていない。

肝心の「好き」「愛している」といった言葉をお互い口にしていないもの。

「それにもし未来を傷つけたら、相手が御曹司だろうと私が許さないから。神様の前で永遠の愛を誓った以上、絶対に未来を幸せにしてもらう！」

「美香……」

本当、美香は私にとって最強の味方だ。美香がいてくれてよかった。

「ありがとう、美香」

この先なにが起こったとしても、美香がそばにいてくれたら乗り越えられるだろう。

「親友なんだからあたり前でしょ？　いい？　なにかあったら、すぐに私に言ってね」

「うん」

私の返事を聞き、美香はそれ以上弦さんの話をすることはなかった。共通の友人や、美香の仕事の話を聞きながら久しぶりにふたりで楽しい時間を過ごした。

「楽しかったね。また会おう」

「うん」

アフタヌーンティーをたっぷりと堪能し、お会計へと向かうも、すでに弦さんが支払いを済ませていて美香と驚く。

「ありがとうございました」

店員さんに見送られてラウンジを出たところで、美香がすぐさま言った。

「もう弦さん、スマートすぎ！　なに？　予約だけじゃなくて支払いも済ませてくれていたなんて」

「弦さん、そんなことひと言も言っていなかったのに……」

ただ『楽しんでくるといい』と言っていただけ。

すると美香はニヤニヤしながら私の体を肘で突《つっ》いた。

「ほら、お礼言わなくちゃ、連絡しなよ。私からも【ありがとうございます、ごちそうさまでした】って伝えて」

「うん、そうだよね」

帰ってから伝えてもいいけれど、今すぐにお礼を言いたい。

その思いでスマホを手に取り、美香とともに近くのソファに腰かけて、メッセージ文を打ち込んでいく。

【弦さん、予約だけではなくお支払いまでしていただき、ありがとうございました。美香からも、ありがとうございます、ごちそうさまでしたとのことです】

考えながら打っていると、美香が画面を覗き込んだ。

「え？　なにこの固いメッセージ文は。もっと砕けた感じがいいんじゃないの？　それより電話すればいいのに」

「これでいいの！　電話なんてとんでもない。弦さんは今仕事中だもの。邪魔するわけにはいかないよ」

手の空いた時にメッセージを読んでくれたら、それでいい。また帰ってきたら直接顔を見てお礼を言おう。

「ふたりのやり取りが聞きたかったのに、残念」とむくれる美香を尻目にメッセージを送信した。

「お待たせ、行こう」

「うん」

ふたりでエレベーターホールへ向かっていると、私のスマホが鳴った。

「ごめん、ちょっと待ってて」

端に寄って電話の相手を確認すると弦さんだった。

どうして弦さんから？　まだ仕事中だよね？　それなのに電話してくるってことは、なにかあったのだろうか。

「未来？　出ないの？」

「あ、うん出るね」

とにかく出ないと。

緊張しながら「もしもし」と出ると、優しい声が耳に届いた。

『楽しかったか？　未来』

「は、い。あの、ありがとうございました」

電話で話しているというのに、頭を下げる私を見て美香はクスリと笑う。どうやら電話の相手が弦さんだと気づいたようで、微笑ましい目を向けられ居たたまれない。

クルリと背を向けて彼の声に耳を傾ける。

『楽しんでくれてよかった。これから帰って食事の支度をするのも大変だろ？　だから今夜は外食しないか？』

「外食ですか？」

『あぁ。六時には帰れると思うから、準備をして待っててくれ』

「わかりました。……お仕事、がんばってください」

最後にそう伝えると、ワンテンポ遅れて彼に『ありがとう』と言われ胸がいっぱいになる。

なんだろう、何気ないやり取りなのにそれがたまらなく愛しい。

通話を切った後も幸せの余韻に浸っていると、背後から感じる視線。

「電話は弦さんからだったんでしょ？　なんだって？」

美香は興味津々に私の肩に腕を回して聞いてきた。

「これから帰って食事の支度をするのも大変だろうから、今日の夕食は外で済ませようって連絡」

弦さんに言われたことをそのまま伝えると、美香は「キャー」と声をあげた。

「弦さんってば優しい～！　やっぱり私、弦さんは未来のことを好きだと思うなー。……傷つくことを恐れずに、弦さんと向き合ってみなよ。そうすることで弦さんの気持ちも、未来自身の気持ちも見えてくるかもしれないし。もっと前向きにならなきゃ！」

そう言って美香はポンと優しく私の背中をなでた。

「〝でも〟って言うのはナシね。親友のアドバイスを聞き入れて、今夜の食事楽しんできて」

そう言われては、なにも言い返せなくなる。

「うん、わかった」

私の返事を聞き、美香は満足げに笑う。

「じゃあ帰ろう。未来は早く帰ってオシャレしないと。きっと素敵なレストランに連れていってくれるよ」

腕を組んできた美香とともに歩を進め、到着したエレベーターに乗り込んだ。

下がっていく階数表示を眺めながら、考えてしまうのは弦さんのこと。そして美香にさっき言われた言葉が頭から離れない。

私、美香の言う通り傷つくのが怖いからって予防線を張って、好きになったらいけない人だと自分に言い聞かせていたよね。

今は優しくても、父のように浮気されてしまうかもしれないと。

でも弦さんは父じゃない。……信じてみてもいいのかな。そうすることで彼の気持ちも、そして私の気持ちも見えてくるのかも。

一階に着き、ロビーを抜けて外に出ると夕陽が見える。お互い足を止めて向かい合った。

「それじゃ私、地下鉄だからここで」

「今日はありがとう」

「私のほうこそだよ。弦さんによろしく伝えてね。また近いうちに会おう」

「うん、またね」

手を振って美香は、地下鉄の駅につながる階段を下りていった。彼女の姿を見送り、私も最寄り駅へと向かう。

久しぶりに美香と会えて楽しかったな。それに元気が出た。

「もっと前向きにならなくちゃ……か」

美香に言われた言葉が、口をついて出た。

思い返せば私はいつもうしろ向きだったよね。家族ともそうだし、弦さんのことだってそうだ。

結婚する前は実家から早く出たい、自由になりたいって思っていた。でも実際にはなにひとつ自由になっていないんじゃないかな。

自由になるってことは、新しい自分になることでもある気がする。いろいろ考えずに、思うがまま生きてみてもいいのだろうか。なにひとつ自分の意志で決めてこれなかった私でも誰かに愛されると信じてもいい？

ふと、足を止めて空を見上げた。そろそろ夕陽も沈む頃。

「ママの願いを叶えられるって信じてもいいかな？」

返ってこない答えを求めて問いかけた。

私の記憶の中の母は優しくて、私のことをとても愛してくれた。そんな母なら、きっとがんばれって言ってくれるよね。

再び歩を進めた足取りは軽い。

愛されなくたっていい。家族にさえなれればと思っていたけれど、やっぱり私、好きな人と添い遂げたい。幸せな家庭を築いていきたい。その相手は、弦さんがいい……！

もっと弦さんのことを知りたい。だってこんなに惹かれた人は初めてだから。そして彼に好きになってもらえるようにがんばろう。

急いで帰宅すると、弦さんが帰ってくるまでに出かける準備を進めていく。

「これでいいかな？」

鏡に映る自分を見ては、頭を悩ませる。

アイボリーのワンピースの胸もとは、黒のレースがワンポイントとなっている。それに小ぶりのバッグと少しヒールのあるパンプスを合わせてみた。

メイク直しもして、イヤリングとネックレスもつけ、少しばかりオシャレしてみたけれど変じゃないよね？　大人の弦さんの隣にいても不釣り合いじゃない？

鏡に向かって何度も問いかけてしまう。

そうこうしているうちに時間は過ぎていく。気づけば、あと十五分で十八時になろうとしていた。

「嘘、もうこんな時間⁉」

急いで髪型を整えていると、インターホンが鳴った。

はやる気持ちを抑え、モニターを確認することなく玄関へ向かいドアを開けた。

「おかえりなさい、弦さん」

そう言ってドアを開けると、そこにいたのは見知らぬ男性だった。

出迎えた私を見て、目を瞬かせた。私もまた驚き固まってしまう。

あれ？　この人はいったい誰？

互いに見つめ合うこと十数秒。男性は淡々と言った。

「初めまして、奥様。サイレンジで専務の秘書を務めさせていただいております、竹山豊と申します」

弦さんの秘書？　やだ私、そうとは知らず『おかえりなさい、弦さん』って言っちゃったよね？

今さらながら恥ずかしくなり、しだいに視線が下がる。

「失礼しました。……初めまして。えっと、つ、妻の未来です」

自分のことを妻と呼ぶことに慣れなくて声が上ずる。

さっきから醜態ばかりさらして本当に恥ずかしい。

居たたまれない思いでいると、「フフッ」と笑い声が聞こえた。

顔を上げて竹山さんを見ると、口もとに手をあてて笑いをこらえている。

「……竹山さん？」

声をかけると竹山さんは「失礼しました」と言って、咳払いをした。

「あまりに奥様がかわいらしかったもので」

かわいらしい？　サラリと言われた言葉に、頬が熱くなる。

「専務が結婚してからというもの、早く帰りたいと仕事に躍起になっている理由がわかりました。こんな出迎え方をされたら、早く家に帰りたいはずです」

そんなふうに言われ、ただ恥ずかしくて「すみません」と小さく謝った。

でもやっぱり弦さん、結婚してから無理して早く帰ってきてくれていたのかな？　それは私のためだと、自惚《うぬぼ》れてもいいのだろうか。

「こちらこそすみません、話が逸れてしまいましたね。専務からも奥様に連絡を入れられていると思うのですが、実は専務に急な仕事が入りまして、約束のお時間に間に合わず、私が代わりにお迎えに上がりました」

「そうだったんですね、ありがとうございます」

「とんでもございません。準備は……できておりますね。では行きましょう」

竹山さんが背を向けた隙にバッグの中からスマホを取り出し、確認する。たしかに彼からメッセージが届いていた。それも三十分前に。

それにしても私、バッグまで手にしていて、本当に準備万端。これではすごく楽しみにしていたことがバレバレだ。

竹山さんに続いて地下駐車場へ向かうと、黒のセダンの前で足を止めた。

「どうぞ」

「ありがとうございます」

後部座席のドアを開けてもらい乗り込むと、竹山さんはドアを閉めてくれた。そしてすばやく運転席に乗り込むと、車を発進させる。

「専務は私が奥様をお迎えに上がる頃には仕事を終えるとおっしゃっておりましたので、現地に着く頃には向こうでお待ちになっているかと思います」

「わかりました」

その後は会話が続かず、気まずい。さっき恥ずかしいところを見せちゃったから余計かも。

ただ窓の外の流れる景色を眺めていると、竹山さんが口を開いた。

「奥様は、我が社を訪れたことはございませんか？」

「はい、ありません」

一度も弦さんの会社に行ったことがない。会社での弦さんは、どんな感じなのかな。

「そうですか。ではいつか専務の働く姿もご覧になっていただきたいものです。きっと家とは別人で驚かれると思いますよ？」

それはつまり会社では以前噂で聞いていたように、仕事人間で冷酷ってこと？

社交の場で何度か見かけていた時のように、ほとんど笑顔を見せない冷たい印象なのかな。

普段の弦さんしか思い浮かばなくて、仕事中の姿は想像できない。

「機会がございましたらぜひ。そうでした、お渡しするのを忘れていましたね」

そう言うと竹山さんは車を路肩に停めた。そしてうしろを向き、私に名刺を差し出した。

「私の名刺をお渡しいたします。もし今後、専務に連絡がつかない時やなにかお困りになった時など、いつでも私にご連絡ください」

「ありがとうございます」

私が受け取ると、竹山さんは再び車を発進させる。

「専務のことでお困りのことや聞きたいことはもちろん、専務に対する不満や愚痴でもお聞きしますので、お気軽にご連絡ください」

バックミラー越しに見える竹山さんは、いたって真面目に言うものだから思わずクスリと笑ってしまった。

「ありがとうございます。……でもこの先も弦さんに対して不満を抱くことはないと思います」

だって弦さんは私にとって、完璧な旦那様だもの。

「それはなによりです。しかし万が一ということもございますので、その際はぜひ」

「はい、わかりました」

竹山さんのおかげでさっきまでの気まずさはない。その後、目的地に着くまで竹山さんと弦さんはいつからの付き合いなのかなど、いろいろな話を聞かせてもらった。

車に乗ってから約三十分。着いた先は弦さんと初めて顔合わせをしたホテルだった。ロータリーに車を停めると、竹山さんはすぐに降りて後部座席側に回り、ドアを開けてくれた。

「どうぞ。専務はロビーでお待ちですのでご案内いたします」

「はい」

車から降りると、竹山さんはドアマンに車のキーを預けた。彼に続いて玄関を抜けると、オシャレなロビーが広がっている。

キョロキョロと見回すと、奥のソファ席にひと際目を引く人物をとらえた。

「あっ……」

視線の先に見えた弦さんの姿に声が漏れる。どうやら電話中のようだ。

「少々こちらでお待ちください」

竹山さんに言われ、近くのソファに腰を下ろした。弦さんのもとへ向かう竹山さんを目で追っていると、ちょうど電話を終えた弦さんが、座ったまま彼に声をかけている様子がうかがえた。

そして竹山さんがこっちを見ると弦さんはすぐに私に気づき、目を細めた。

一瞬にして変わったやわらかい表情に、ドキッとなる。

すぐに弦さんは立ち上がり、こちらに歩み寄ってきた。長身でスタイル抜群のせいか、周りの目を惹きつける雰囲気をまとっている。やっぱり彼は目立つ。近くに座っている女性たちが目で追っているもの。

顔がはっきり見える距離まで、弦さんが近づいてきたところで立ち上がった。

「悪かったな、未来。俺が迎えに行けなくて」

「いいえ、お仕事お疲れさまでした」

そんな言葉を交わすと、どちらからともなく笑みがこぼれる。

「今日は楽しかったか？」

「はい。本当に予約からお支払いまでありがとうございました」

改めてお礼を言うと、すぐに弦さんは「気にするな」と言う。

「未来が楽しめたのなら、それでいい。今後も自由に出かけるといい」

いつも通りのやり取りなのに、それさえも幸せを感じてしまう。もっと前向きになろう、変わろうって気持ちになっているからかな。こうして弦さんと一緒にいられるだけで心が満たされる。

優しい眼差しを向ける彼から目を離せずにいると、弦さんのすぐうしろをついてきていた竹山さんは、わざとらしく咳払いをした。

「それでは専務、無事に奥様を送り届けましたので邪魔者は退散いたします」

「あぁ、悪かったな」

「いいえ。どうぞ奥様との素敵なお時間を過ごしていただき、明日からの仕事の活力にしていただけたら幸いです」

竹山さんがそう言うと、弦さんは顔をしかめた。

「おい、言葉に棘を感じるぞ」

「感じるように言いましたので」

ふたりの砕けたやり取りに、親密ぶりがうかがえる。たしかふたりは大学時代からの知り合いって言っていたよね。

そんなことを考えていると、竹山さんと目が合った。

「それでは奥様、またお会いできることを楽しみにしております」

「あ、今日はありがとうございました」

竹山さんにつられて私も頭を下げる。すると竹山さんは「失礼します」と言って去っていった。

「じゃあ行こうか」

「はい」

返事をすると、弦さんは私の腰に腕を回した。ナチュラルなエスコートに歩き方がぎこちなくなる。

当然弦さんに気づかれ、「フッ」と笑われてしまった。

「どうした？」

「えっ？　いや、その……」

しどろもどろになる私を見て、弦さんは楽しそう。

私が戸惑っていることに気づいて、絶対にわざと聞いているよね？

意地悪されているのに、弦さんの楽しそうな顔を見たら文句も言えなくなる。

唇をキュッと噛みしめ、「なんでもありません」と言うと、彼は優しい目をして「そうか」と返した。

腰に腕を回されたままエレベーターホールへ向かうと、弦さんはボタンを押した。

「今夜はここの最上階にあるレストランを予約したんだ。来たことあるか？」

「いいえ、ないです」

たしかここの最上階にあるレストランって、世界的にも有名なシェフが料理長を務めていることからすごく人気だ。

「それならよかった。実はここの料理長と父さんは昔からの知り合いなんだ」

「そうなんですか」

さすがはサイレンジの社長。顔が広い。

到着したエレベーターに乗り、最上階へと向かう。到着してドアが開くと、待っている人がふたりいた。

しかし私は腰に回された腕が気になって、相手がどんな人かなど見る余裕もない。

彼に導かれるがままエレベーターを降りた時。

「姉さん？」

「えっ？」

すれ違いざまに呼ばれた聞き覚えのある声に、足が止まる。それもそのはず。エレベーターの到着を待っていたのは、敬一と敬一の婚約者、椿ちゃんだったのだから。

「やっぱり姉さんだ」

私だとわかるや否や、敬一はうれしそうに声を弾ませた。

「お久しぶりです」

「久しぶり、椿ちゃん。今日は敬一とデートなの？」

交互に敬一と椿ちゃんを見ながら聞くと、ふたりはほんのり頬を赤らめた。

「最近忙しくて会えなかったからさ」

「あ、でも毎日連絡は取り合っているんですよ」

照れくさそうに言う敬一に続いて椿ちゃんが言うと、敬一は「そういう恥ずかしいことは言わなくていいよ」と突っ込む。

相変わらず仲がいいようで微笑ましい気持ちになる。すると弦さんが声をあげた。

「結婚式以来だね。ふたりもそこのレストランで食事を？」

「はい、そうなんです」

笑顔で答えた椿ちゃんとは違い、敬一はジロリと弦さんをひと睨みした。

「お義兄《にい》さんも、これから姉さんと食事ですか？」

「あぁ。今日は未来が友人と会ってきたからね。帰って食事の準備をしてもらうのは大変だろうし、未来と久しぶりに外食をしたいと思って」

そう言うと弦さんは甘い瞳を向けるものだから、恥ずかしくなる。

「仲がよろしいんですね。ね、敬一」

「……そうだといいけど」

言葉に棘を生やして言う敬一に、こっちがヒヤヒヤしてしまう。

大学に通いながら働いている敬一は、弦さんの噂をよく耳にするようだ。冷酷で誰に対しても容赦ない人。それは私に対してもそうだと思っているようで、何度か心配する電話をもらっていた。

その都度、弦さんは優しくて素敵な人だと説明しても納得してくれない。

子供っぽい敬一に、弦さんが気を悪くしなかったか不安になるけれど、どうやら彼はまったく気にしていない様子で「ありがとう」とにこやかに言った。

「今度、いつでもうちに遊びに来るといい」

「本当ですか？　ふたりの日常生活をこの目で見たいので、ぜひ行かせてください」

「あぁ、未来と待ってるよ」

疑いめいた目を向ける敬一とは違い、弦さんには大人の余裕を感じる。

「行こう、未来」

「あっ、はい。それじゃふたりとも、またね」

小さく手を振ると、振り返してくれた椿ちゃん。しかし敬一は「なにかあったら、いつでも連絡して」なんて言う。

苦笑いしながら彼にエスコートされてレストランへ向かった。

レストランに着くと、出迎えてくれた支配人に案内されたのは、一番奥の窓側の席。

支配人に椅子を引いてもらい、弦さんと向かい合って座る。

どうやら予約時にコース料理を注文してくれていたようで、少しするとすぐに前菜が運ばれてきた。

「いただきます」

テーブルマナーはさんざん学んできたが、こういった場所に来る機会は少なかったから、今でもちょっぴり緊張する。一緒に食事をしている相手が弦さんだから余計だ。

ソワソワしながらも前菜を食べ進めたところで、さっきの敬一の件を思い出し、先に食べ終えた弦さんに小さく頭を下げた。

「さっきは敬一が失礼なことを言ってしまい、すみませんでした。あの、でも悪い子じゃないんです。真面目で優しくて、私は何度も敬一の存在に助けられてきて……」

本当の敬一を弦さんにもわかってほしくて、敬一のいいところをあげていくと、彼はゆっくりと首を縦に振った。

「そうか。……未来にとって敬一君は大切な存在なんだな。見ていればわかるよ」

「はい」

とても大切な存在だ。それが弦さんにもわかってもらえてうれしい。

「俺には兄弟がいないから、上か下がいたらどんな感じだろうと何度も想像したことがある。……きっと俺も未来が姉だったら、敬一君のように心配していたかもな」

「えっ？」

意味深なことを言うと、弦さんはクスリと笑う。

「守ってやりたくなる。敬一君も同じ気持ちなんだろう。案外彼とは気が合うかもしれない」

どこか楽しげに話す弦さんに、どう反応すればいいのやら……。

まず彼の『守ってやりたくなる』って言った相手は、私ってことだよね？　だったら本当に困る。さりげなく言われたひと言にはどんな気持ちが込められているのか、すごく気になるもの。

その半面、弦さんと敬一に仲よくしてほしいと願っていたから、彼がそう言ってくれてうれしい。

彼の言葉にそれぞれ違った感情を抱き、言葉を返せずにいると弦さんは続けた。

「結婚してから一度も未来の実家に顔を出せていないし、今度の週末にでもふたりで行こうか？　敬一君もいるだろ？」

弦さんの言う通り、結婚後は両親と一度も会っていない。それでも瞬時に思い出すのは、愛されない寂しい毎日。

弦さんが隣にいれば、冷たい態度を取られないとは思うけれど、できることなら極力会いたくない。

でも弦さんは私のためを思って実家に行こうと言ってくれているのに、断るわけにはいかないよね。

そう思い、返事をしようとした時、弦さんが先に声をあげた。

「いや、やっぱり今週はふたりでゆっくり過ごそう。映画でも見ないか？」

「え？　あ、はい」

実家に行かずに済んでよかったけれど、どうしたんだろう、急に。

不思議に思いながらも返事をすると、彼はホッとした顔を見せた。

「なにか見たい映画があったら、あとで教えてくれ」

「はい」

前菜を食べ終えると、次の料理が運ばれてきた。話題も変わり、聞くタイミングを逃がす。

でもいつかは弦さんに気づかれるはず。私が両親とうまくいっていないことに。

だったらちゃんと私の口から伝えるべきじゃないかな。弦さんなら私の話を最後まで聞いてくれるはず。家族になりたいと思っているからこそ、すべて包み隠さず話したい。

だけどそれはここで話すことじゃないよね。今度の週末、ゆっくり過ごそうって言っていたし、その時に話してみよう。

そう心に決めて、その後はおいしい料理と素敵な夜景、そして弦さんとの楽しい時間を満喫した。

「ありがとうございました。お気をつけてお帰りくださいませ」

支配人に見送られ、レストランを後にする。すると彼は当然のように私の腰に腕を回した。

慣れなくて体がこわばる。エレベーターホールに着くと、弦さんはさらに私との距離を縮めた。

肩と肩が触れ、びっくりして顔を上げれば弦さんと目が合う。すると彼はそっと私の耳もとに顔を寄せた。

「悪い、言い忘れていた。レストランを予約した時に、部屋も取ったんだ。……今夜はここに泊まろう」

「え──」

目を見開いた瞬間、塞がれた唇。触れるだけのキスはすぐに離れた。

う、嘘。今、キスをしたよね？

慌てて周囲を見回すと、弦さんは「大丈夫、誰にも見られていない」と愉快そうに言う。

「たまには一緒に風呂に入ろうか」

「えっ⁉」

たまにはというか、弦さんとは一度もお風呂に入ったことがない。何度か誘われたことがあるが、私が恥ずかしくて全力で拒否していた。

「家じゃなければ恥ずかしくないだろ？」

そういう問題ではないです！と言うように首を横に振る。

すると弦さんは、「却下」と意地悪な顔で言った。

エレベーターに乗ってからも、「一緒にお風呂に入るなんて無理です」と拒否し続けたものの……。

「未来、いつまで背を向けているつもりだ？」

「……出るまでです」

家よりも広いバスタブで、私は弦さんに背を向けて体を小さくしてつかっている。

抵抗も虚しく、部屋に入るや否や私は浴室に連れていかれた。そこで強引に服を脱がされ、こうして初めて一緒にお風呂に入ったわけだけれど、とにかく恥ずかしくてたまらない。

さらに体を小さくすると、弦さんに背後から抱きしめられた。

肌と肌が触れ、彼の髪が頬に触れる。

「もう何度未来を抱いたと思っているんだ？　体の隅々まで知り尽くしているというのに、なにを今さら恥ずかしがる？」

「それはっ……！」

咄嗟に振り返ると、至近距離に彼の整った顔があって言葉が続かない。

「それは？」

意地悪な顔で聞くと、弦さんはリップ音を立てて額にキスを落とした。その後も頬や鼻と至るところにキスをされ、答えようにも答えられない。

「未来……」

愛しそうに私の名前を呼んで啄《ついば》むようなキスをされると、胸がギュッとしめつけられる。

しだいに口づけは深くなり、彼の舌が口の中に割って入ってきた。

「んっ……」

漏れた声は広い浴室に響き、羞恥心を煽《あお》られる。だけどそれも最初だけ。弦さんの大きな手に触れられると、なにも考えられなくなってしまうんだ。

そして互いの息が上がり始めた頃、弦さんは艶っぽい声でささやいた。

「ごめん、もう限界。未来の中に入りたい」

「えっ？　あっ……！」

一気に私の中は弦さんでいっぱいになり、体の芯が痺れる感覚に襲われる。

何度も奥を突かれ、そのたびにバスタブのお湯は大きく波打つ。

いつも思うの。こうして体を求められるたびに、愛し合う行為とはなんだろうと。

好きという気持ちがなくても、この行為をできる人もいる。もちろん本当に愛し合っている相手でなければできない人だっている。

私はずっと結婚は自由にできないとわかっていたから、愛がなくてもできると思っていた。

実際に初めて弦さんに抱かれた時は、彼に惹かれていなかったもの。

でも弦さんの存在が大きくなっている今は違う。好きな人とじゃなきゃできないよ。

キスも体に触れられるのも、こうして受け入れることも全部。

だけど弦さんは？　好きじゃなくても、後継ぎをつくるためと割りきっていつも私を抱いているのだろうか。

そう思うと泣きそうになり、「弦さん」と彼の名前を呼んだ。

「ん？　どうした？」

優しい声色で聞かれ、鼻の奥がツンとなる。

「つらいか？」

心配そうに聞かれ、首を横に振ると弦さんは一度私の中から出て、手を広げた。

「顔を見せて」

言われるがまま彼と向かい合うと腰に腕が回り、引き寄せられた。

「ん、こっちのほうがいい」

そう言って再びつながった体。

この行為は愛がある上で成り立っていると信じたい。

ベッドに移動してからも何度も体を重ね合い、彼は私の体を抱きしめたまま眠りについた。

頭上から聞こえてくる規則正しい寝息。いつもだったら弦さんのぬくもりが心地よくてすぐ眠ることができるのに、今夜はなかなか寝つけそうにない。

今日はいろいろなことがあったな。久しぶりに美香と会って、弦さんの秘書の竹山さんにも会うことができた。

一日を思い返していると、ふたりに言われた言葉が次々と脳裏をかすめる。

『――傷つかないための予防線なんて張らないでよ。未来は誰よりも幸せにならなくちゃだめ！』

できることなら、私だって幸せになりたい。弦さんと本物の夫婦になりたいよ。

だけどそれは、今までの自分を変えないと叶えられない願いのはず。

美香の言う通り、私は傷つかないための予防線を張っていると思う。そうすることで自分を守ってきたのかもしれない。

『――きっと家とは別人で驚かれると思いますよ？』

私が竹山さんの言う『家とは別人』の弦さんを知らないように、弦さんだって私のことをほとんど知らない。

彼のことをもっと知り、そして私自身のことも知ってもらわなくては、いつまで経っても弦さんと夫婦という関係を築くことはできないよね。

今の幸せを逃がしたくない。今以上に幸せになりたい。そのためにも今週末、弦さんに両親との関係を打ち明けよう。

ありのままの私を受け入れ、愛してほしいから。

仕事で疲れているのか、熟睡している彼にギュッと抱きつくと、しだいにまぶたが重くなってきた。

「おやすみなさい、弦さん」

弦さんのぬくもりに包まれ、私も眠りについた。

悲しみの中、授かった新しい命

『今週はふたりでゆっくり過ごそう。映画でも見ないか？』

弦さんにそう言われた約束の週末。いつもよりゆっくり起きて、ふたりで協力して家事を済ませ、昼食は弦さん手作りのサンドイッチを食べながら見たい映画を探す。

ネットの動画配信で多くの映画やドラマが見放題なのはうれしいけど、あまりに作品数が多くて迷ってしまう。

ふたりで決めたのは犬と人との関係を感動的に描いた映画。

途中笑ったり悲しくなったりしながら見終えた後は、感動で胸がいっぱいになった。

「いい映画だったな」

「はい、とっても」

珈琲を淹れて映画の感想を話していると、弦さんが聞いてきた。

「未来は動物を飼ったことはあるのか？」

「ない、ですね」

「動物は苦手？」

「いいえ、大好きなんですけど、母親が生き物はだめな人で……」

子供の頃から動物が好きで、とくに犬が大好きだった。飼っている友達がうらやましくて仕方がなかったな。一度だけ飼ってみたいと勇気を出して言った時、節子さんが嫌いだと知っていながら、どうしてそんなことを言えるのかとひどく叱られたことがある。

昔のことを思い出してしんみりとしながら、私も彼に聞いてみた。

「弦さんのおうちでは飼われていたんですか？」

「いや、うちも飼ったことがない。子供の頃から習いごとで忙しかったからな。飼ったとしても、世話をする余裕もなかったと思う」

「そうだったんですね」

弦さんは幼い頃から後継者として、様々な教育を受けてきたのだろう。敬一もそうだった。

遊ぶ暇もないほどに、学校が終わってからは予定がぎっしりだったもの。

敬一はそのせいで、なかなか友達ができなかった。もしかして弦さんもそうだったのだろうか。

そんなことを考えていると、弦さんは私の様子をうかがう。

「飼うとしたらなにがいい?」

「そうですね、やっぱり犬ですかね」

「好きなんだ?」

「はい」

人懐っこくて愛らしい。犬がいる暮らしに何度憧れたことか。

「じゃあ犬を飼うか」

「えっ?」

突然の提案に耳を疑う。

「大好きってことは、ずっと飼いたいと思っていたんだろ?」

「それはそうですけど……」

「だったら飼おう。未来の願いを叶えてやりたい」

優しい顔をして言われた言葉に、胸が苦しくなる。

本当、弦さんはいつもどういう気持ちで私に接し、優しい言葉をかけてくれているのだろうか。

「じゃあさっそく見に行くか」

「見に行くって……犬をですか?」

「あぁ、未来が気に入る子が見つかるといいな」

そう言って立ち上がり、出かける準備に取りかかろうとする弦さんを急いで止めた。

「待ってください」

私も立ち上がって彼のもとへ駆け寄る。

「どうした？」

不思議そうに私を見る彼に尋ねた。

「これから行くところってペットショップですか？」

「そうだけど……」

弦さんは意味がわからないと言いたそうに首を傾げる。

犬を飼おうと思ったら、ペットショップに行くのは当然の流れ。でも……。

「あの、私……犬を飼える日がきたら、保護犬を迎えたいとずっと思っていたんです」

「保護犬？」

「はい」

幼い頃、テレビで捨て犬や迷い犬の特集を見て、ショックを受けたことがある。

街中をさまよっている犬は保健所に連れていかれ、引き取り先が見つからないと殺処分されると。

今は保護活動が盛んになり、その数はだいぶ減ってきているようだけれど、まだ現実に何頭もの犬や猫が処分されている。

動物だって命ある生き物だ。人間の都合によって殺されていいものではない。

たった一匹しか救えないけれど、愛情をたくさん注いで飼ってあげたい。子供ながらにそう思ったんだ。

そのことを弦さんに伝えると、彼は考え込む。そして少し経つとポケットからスマホを取り出し、なにやら検索し始めた。

どうしたんだろう、弦さん。

様子をうかがっていると、彼は私にスマホ画面を見せてくれた。

「ちょうど今日、隣町で譲渡会をやっているようだ。……今からでも参加できるか、問い合わせてみようか」

「いいんですか？」

「もちろん。未来の話を聞いて、捨て犬たちの行く先を改めて考えさせられたよ。俺も保護犬の中から家族に迎え入れたいと思う」

弦さん……。

目を細めて微笑む姿に、目頭が熱くなる。

一度だけ勇気を出して飼いたいと言った時は、テレビで保護犬活動を見たすぐ後だった。

救える命があるなら救いたいと、両親に自分の想いをぶつけたけれど、話をしっかり聞いてもらえなかった。それどころか、結果的には節子さんから嫌われることとなった。

だけど弦さんは違う。最後まで口を挟まずに聞いてくれた。私の気持ちを理解してくれたんだ。

「ありがとう、ございます」

涙をこらえ、震える声でお礼を言った瞬間、弦さんはそっと私の頭をなでた。彼の大きな手が頭上を行き来するたびに、温かな気持ちで満たされていく。

亡くなった母以外の人に頭をなでられたのは、弦さんが初めてだ。だけどこんな感覚だった？

温かい気持ちになるだけじゃない、ドキドキして苦しくて、なんとも言えぬ感情に覆われていた？

ううん、こんな気持ちになるのは私が弦さんを好きだからだ。

改めて彼のことが好きだと自覚すると、じわじわと恥ずかしくなる。だけど頭をなでるのをやめてほしくないという矛盾する気持ちに戸惑っていると、大きな手が離れていった。

寂しさを覚えながら顔を上げると、目が合った弦さんは頬を緩めた。

「じゃあ片づけをして、参加できそうだったら出かけよう」

「はい」

夜にでも家族との関係を打ち明けようと思っていたけれど、譲渡会に向かうならその途中で話してみようかな。

昔の出来事があるから、さっき弦さんが言ってくれた言葉がとてもうれしかったことも伝えたい。

ふたりでサンドイッチのお皿とカップを片づけようとすると、弦さんのスマホが鳴った。

「悪い、ちょっと待っててくれ」

そう言うと弦さんは私に背を向けて電話に出た。

「なんだ？　休みの日に」

皿を取ろうとした手が止まる。電話の相手に対して発せられた、実に冷ややかな彼の声を初めて聞いたから。

「それは以前頼んだはずだが。どうして今、そんな状況になっている？」

厳しく責め立てる弦さん。会社ではいつもあんな感じなのかな？

電話の邪魔をしないように、静かに皿とカップを持ち、キッチンへと向かう。すると弦さんは深いため息を漏らした。

「わかった。……あぁ、頼む」

そう言って通話を切った弦さんは振り返り、申し訳なさそうに私を見た。

「悪い、未来。仕事でトラブルが起きた」

「そうなんですね。じゃあ今から会社に行かれるんですか？」

「いや、大丈夫。ただ、これから竹山がうちに来る。少し仕事をさせてくれないか？　……譲渡会はその後に行こう」

「わかりました」

大変だな、弦さんも竹山さんも。休日なのに仕事をするなんて。

「竹山が来たら、俺の部屋に通してくれ。それまで仕事をしているから」

「はい」

そう言うと足早に弦さんはリビングから出ていった。

そして三十分も経たないうちに、スーツ姿の竹山さんが訪ねてきた。出迎えると、竹山さんは申し訳なさそうに眉尻を下げる。

「すみません、ご夫婦水入らずの時間を邪魔してしまい」

「いいえ、そんな。お疲れさまです」

竹山さんを弦さんの部屋に通し、リビングへ戻る。

お茶を出したほうがいいよね？　すぐには終わらないだろうし。

そう思い、珈琲とクッキーをお皿にのせて弦さんの部屋へと向かう。できるだけ仕事の邪魔をしないよう、足音を立てずに近づくと話し声が聞こえてきた。

「本当にいい迷惑だ。なぜ俺が副社長の尻拭いをしなくてはいけないんだ？」

「いいではないですか、今回の件で副社長には恩を売ることができますし、なにかとうるさい副社長の取り巻きの上層部も、少しはおとなしくなるでしょう。……と、専務ならおっしゃるかと思っていたのですが」

「それはそうだけど、未来との貴重な時間をつぶされた。これから保護犬の譲渡会に行こうと言っていたのに」

弦さんが不機嫌そうに言うと、少しして竹山さんはクスッと笑った。

「なぜ笑う？」

「すみません、専務が保護犬の譲渡会に行くと聞き、その姿を想像したらつい……。

奥様とうまくいっているようで、なによりです」

自分の話をされ、入るに入れない雰囲気だ。いや、それよりも盗み聞きはだめ。そうわかってはいるけれど、ふたりの話が気になる。

弦さんも私と過ごす時間を楽しんでくれていたのかな？　だから不機嫌なの？　期待に胸が膨らむ。

「奥様も専務とご結婚され、幸せではないでしょうか？　あんな暮らしをされてきたんです。専務と一緒になったことで幸せになってほしいです」

あんな暮らしってどういうこと？　まさか、私の過去を知っているの？

竹山さんの意味深な言葉に心が騒つく。

「あぁ、俺もそう思ってるよ。両親から受けるはずの愛情を与えられずにきたんだ。どれほどつらい思いをしてきたか。これからはそんな思いをさせたくない」

苦しそうに言う弦さんに、疑惑が確信に変わる。

彼は知っていたんだ。私がこれまでどんな環境の中で育ち、両親からどんなふうに育てられてきたのかを。

だから弦さんは私を憐れんで結婚してくれたの？　あの家から私が出られるために。優しくしてくれたのは、私が今までつらい思いをしてきたから？

信じたくないけど、そう思えばすべて辻褄が合う。

毎夜あんなに愛してくれたのも、私に同情したからかもしれない。可哀想な私を慰めてくれていただけだったのかも。

もしそうなら、自分がバカみたいだ。愛されているかも……と何度も勘違いしそうになり、ありのままの私を受け入れて、好きになってほしいと思い、両親のことをいつ打ち明けようかと悩んでいたのだから。

私は愛されてなどいない。ただ、同情されていただけ。とっくに私と両親の関係も知られていたなんて。

その後も弦さんと竹山さんはなにかを話していたけれど、私の耳には届かず、そっと踵《きびす》を返した。

キッチンへ戻り、注いだ珈琲をシンクに流してカップを洗う。すべて綺麗に片づけて自室に入った。

ドアに寄りかかり、弦さんと出会ってからのことを思い出す。

親に決められた政略結婚。お互いのことをほとんど知らなかった。顔合わせの日から何度か会っただけで結婚した関係。

それなのに彼に愛されているかも……なんて、よく思えたものだ。この先、お父さんみたいに浮気されたらどうしようとか、先走った心配までして本当にバカみたい。私は最初から愛されてなどいなかった。ううん、私が愛されることなどないんだ。よく考えればわかることだった。顔だっていたって普通だし、とくに優れている特技や才能もない。

そんな私が、弦さんのような人に好かれるわけがないじゃない。ただ、同情されていただけだったんだ。

悲しくてつらくて、ポロポロと涙がこぼれ落ちる。

私のこの弦さんに対する想いも違うのだろうか。愛されていると勘違いしてしまうほど優しくされたから、それがうれしくて好きだと錯覚しているだけ？

自分の気持ちさえわからなくなる。

その場に崩れ落ち、私は声を押し殺して泣いた。

一時間ほどして竹山さんは帰っていったが、私はとてもじゃないが弦さんと出かける気持ちになどなれなかった。

体調が悪くなったと嘘をついて譲渡会に行くのを断り、この日は早々と寝た。そしてこの日を境に、私は弦さんの顔をまともに見られなくなってしまった。

「それじゃ未来、行ってくる。留守の間、なにかあったら連絡してくれ」

「はい、わかりました。……気をつけて行ってきてください」

週が明けて三日目の朝。弦さんは朝早くに家を出て、ニューヨークへと発つ。仕事のトラブルを解決するため、二週間の予定で出張が入ったのだ。

彼が出ていった玄関のドアを眺めながら、ホッとする自分がいた。

弦さんが私と両親の関係を知っていたと思うと、彼とどう接していいのかわからなくなった。

どんな言葉をかけられても、私が可哀想だからこう言ってくれているだけなんて、ひねくれたことを考え、素直に受け取ることができない。

今日からしばらく会えなくなるから……と言われて昨夜抱かれたけれど、今までのような幸福感を感じることができなかった。

きっとあの行為もなんの気持ちもない。後継ぎをつくるためのものなんだと思うと、何度も泣きそうになった。

フラフラした足取りでリビングに戻り、ソファに腰を下ろす。

家事をしなくてはいけないのに、体がだるい。今日からしばらく弦さんがいないから、余計にやる気が起きないのかも。

「今日はいいかな、ゆっくりしても」

この三日間、弦さんのことばかり考えてしまい、まともに寝ていない。

弦さんが出かけたからか、急に睡魔に襲われる。

そのまま横になり目をつむると、すぐに私は眠りについた。


目が覚めると、お昼を過ぎていた。だいぶ寝てしまっていたようだ。

だけど寝たおかげですっきりした。お昼ご飯はなにを食べようかな。

いつも朝の残りや簡単なもので済ませている。今日も朝に炊いたご飯と味噌汁が残っているし、お漬物もある。冷蔵庫に納豆が入っていた気がするんだけど……。

ソファから立ち上がってキッチンへ向かい、冷蔵庫を開けると、納豆がひとパックだけ残っているのを確認する。

「これで十分」

冷蔵庫から取り出して準備に取りかかる。けれど、今まではなんとも感じなかった納豆独特の匂いに気持ち悪くなってしまった。

「なんだろう、急に」

お腹が空いているはずなのに、匂いのせいで食欲が失せていく。しだいに吐き気に襲われ、急いでトイレに駆け込んだ。

戻しても一向に吐き気は治まらない。リビングに戻って再びソファに横になる。

ここ最近、弦さんのことで、自分でも気づかないうちにストレスがたまっていたのかな。だから急に気持ち悪くなった？

横になると、また睡魔に襲われる。午前中たくさん寝たはずなのに、私はまた眠りについた。


弦さんが出張に出かけて初めて迎える週末。体調の悪い私を心配して、美香が訪ねてきた。

ドアを開けた私を見て美香は顔をゆがめる。

「電話でも声に覇気がなかったし、少し痩せたよね？　大丈夫？」

「うん、なんとか。ごめんね、来てもらっちゃって」

彼女を家に招き入れ、リビングに案内する。

家に来るのは初めてで、美香は興味津々で部屋の中をキョロキョロと見回す。

「マンションもだけど、部屋の中もすごいね。さすがはサイレンジの後継者が住む家って感じ」

感心しながら言う美香に笑いながら珈琲を出そうと準備するも、やっぱり匂いがだめで気持ち悪くなる。

口もとを手で覆うと、気づいた美香が慌ててキッチンに駆け込んできた。

「もう体調悪い人が無理をしなくてもいいから。なにもいらないから大丈夫。ほら、戻ろう」

「ごめん」

美香に支えられてリビングに戻り、ソファに並んで座る。背中をさすってもらい、少し落ち着いてきた。

「ありがとう、美香。それとごめんね、せっかくの休みの日に来てくれて」

「なに言ってるの？　親友として当然でしょ？」

昨夜、久しぶりに美香から連絡が入った。弦さんとはその後、どうなったのかと。

彼女のその言葉に私はすべて話した。弦さんが私と両親の関係を知っていたこと、そしてずっと体調が悪いことも。

「そうだ、吐き気が治まらないっていうから、ゼリーやプリンを買ってきたの。冷蔵庫に入れておくね」

「うん、ありがとう」

買ってきたものを冷蔵庫にしまうと、美香は私に寄り添うように腰を下ろした。

「それで本当なの？　弦さんが未来の家庭の事情を知っていたっていうのは」

「……うん。はっきりと聞いたもの」

鮮明に覚えている。『両親から受けるはずの愛情を与えられずにきたんだ。どれほどつらい思いをしてきたか。これからはそんな思いをさせたくない』と憐れむように言った彼の言葉を。

「でも知っていたからといっても、弦さんが未来に同情から結婚したとは限らないじゃない。結婚前に何度かデートをしていたし、そこで未来のことを好きになったのかも」

「ううん、それはないよ。そもそも弦さんのような素敵な人が、私を好きになってくれるはずがないんだよ」

いつになく卑屈になる。すると美香は私の両頬をパシンと叩いた。

「なに言ってるの？　未来はかわいくて優しくてすごくいい子だから！　最近会った時に言ったでしょ？　もっと前向きにならなくちゃって。それなのに、前よりうしろ向きになってどうするのよ」

唖然とする私に美香は厳しい口調で続ける。

「それに大切なのは弦さんの気持ちじゃない、未来の気持ちでしょ？　未来はどうしたいの？　弦さんに同情で結婚してもらったから、もう一緒にいられない？　離婚したいの？」

一緒にいられない？　離婚したい？

美香の言葉を自分の心に問いかけると、すぐに答えは出た。

「やだ、弦さんのそばを離れたくない。離婚なんてしたくない」

素直な想いを吐露すると、美香は目を細めた。

「うん、それでいいんだよ未来。なによりも自分自身の気持ちを大切にしないと。それからじゃないとなにも始まらないでしょ？　好き、ずっと一緒にいたいと思うなら、そうなれるようがんばればいいの」

「美香……」

すると美香は満面の笑みで言った。

「結婚のきっかけが同情だったとしても、最終的に弦さんに好きになってもらえばいいじゃない。そもそも恋愛って最初からうまくはいかないから。片想いで終わる恋だってある。いや、むしろ片想いで終わる確率のほうが高いもの」

人さし指を立てて力説する美香に圧倒され、のけ反る。

「そ、そっか」

思い返せば学生時代、友達の中には彼氏がいた子もいたし、想いを伝えられずに長い間片想いしている子もいた。それに失恋した子も。

好きになったからといって、相手にも好きになってもらえるとは限らないんだ。

だからみんな好きな人に振り向いてもらうために、努力をするんだよね。

「未来、高校生の時の初恋でつらい思いをして、臆病になる気持ちはわかるよ。だからといって自分の気持ちに目を背けないでほしい。好きって気持ちを大切にして。幸せになってほしいし、後悔だけはしてほしくない」

「美香……」

美香に言われなかったら、私は後悔するところだったと思う。好きなのにウジウジ悩んで弦さんの気持ちばかり気にして、自分の気持ちに素直になれなかったと。

「そうだね、ありがとう」

「よかった、未来が元気になってくれて。気分も落ち着いた？　だったらゼリーでも食べる？　少しでもなにか食べて元気出さないと」

「うん」

美香は冷蔵庫にしまったゼリーを取りに行くと、私の好きな桃のゼリーを渡してくれた。

「はい、これなら食べられるでしょ？」

「うん」

美香に話を聞いてもらえたおかげで気分も違う。今なら食べられそうだ。

「私も一緒に食べよう。ここのゼリー、おいしいって有名なんだよ。会社の先輩に教えてもらったの」

「そうなんだ」

そんな話をしながら美香とゼリーを食べたものの、少し経つと吐き気に襲われる。

どうしよう、せっかく美香が買ってきてくれたのに、それを食べて気持ち悪くなったなんて言えないよね。

必死に平気なフリをして美香の話を聞いていたけれど限界を迎える。

「ごめん、美香。ちょっとトイレ」

「え？　あ、未来⁉」

急いでトイレに駆け込むと、すべて戻してしまった。それでもまだ胃がムカムカしている。

「未来、大丈夫？」

トントンとドアをノックされ、心配そうに聞いてきた美香に「ごめん」と謝った。

「いいよ、そんな気にしないで」

トイレから出て美香に水を持ってきてもらい、洗面所でうがいをする。そしてリビングへ戻ると、真剣な面持ちで美香が言った。

「ねぇ、未来。一度病院へ行ってみたほうがいいんじゃない？」

「そうだよね、週明けに行ってみるよ。点滴や薬を処方してもらえたら楽になるだろうし。この辺で内科ってあるのかな」

ソファに腰かけ、病院を検索してみようと思い、テーブルの上に置いてあるスマホに手を伸ばした。

「ううん、未来が行くべきなのは内科じゃない」

「えっ？」

手が止まり美香を見ると、自分のスマホでなにかを検索し始めた。

「私、年が離れたお姉ちゃんがいるでしょ？　子供が三人もいて、毎回妊娠するたびにつわりがひどかったの。その時のお姉ちゃんと未来の今の症状が、すごく似ている」

つわりって……。美香は私が妊娠していると思っているの？

「あ、よかった。土曜日でも診療している産婦人科が近くにある。……未来、私も一緒についていくから行ってみよう。一度調べてもらったほうがいいよ」

そう言って美香に見せられたのは、マンションの近くにある産婦人科医院のホームページ。

「ちょっと待って。私が妊娠なんて……」

そこまで言いかけて言葉に詰まる。だって妊娠している可能性は十分あるから。

結婚してから弦さんと子供を授かる行為をたくさんしてきた。避妊をせずにしたこともある。妊娠しないほうがおかしいのかもしれない。

それに生理も少し遅れている。……だけど本当にいるの？　私の中に赤ちゃんが。

思わず自分のお腹をなでてしまう。

「弦さんが戻ってくるまでまだ一週間以上あるんでしょ？　こういうことは早くにわかったほうがいいし、妊娠していなかったら未来の言う通り内科を受診しないと」

「そう、だよね」

もし本当に妊娠していたら、私はどんな気持ちになるのだろう。日常がどう変わる？　……弦さんは、どう思う？

まだなにもわからないというのに、様々なことが頭に浮かんでは不安になる。それに気づいたのか、美香が私の手をギュッと握った。

「大丈夫、私もいるでしょ？」

美香は私を安心させるように笑顔で言う。彼女の優しさに少しだけ不安な気持ちが薄れていく。

それにこの先のことを考えるのは、妊娠しているとわかった時でいい。妊娠していなかったら、無駄に悩んで不安になるだけだもの。

そう自分に言い聞かせると、気持ちも軽くなる。

「よし、じゃあ行こう！　予約優先って書いてあったけど、待てば診てくれるみたいだし。未来、保険証忘れないようにね」

「うん」


戸締りを済ませて、美香に付き添ってもらい近所の産婦人科医院へと向かうと、待合室は少し混み合っていた。

妊娠しているかどうか検査をしてほしいと受付で伝えると、問診票を渡された。それとこれから行う検査についても説明された。

「こちらにご記入をお願いします」

「はい」

待合室には妊婦さんが大勢いて、なんだか緊張する。

美香の隣に座って問診票に記入を終えると、尿検査用の紙コップを渡された。

「トイレの個室に専用のドアがありますから、そこに置いてください」

「わかりました」

尿検査が終わったら、あと超音波検査をしてそれで妊娠しているかわかるんだ。

病院に着いてからずっと心臓は速く脈打ったまま。緊張がまったく解けない。

美香に妊娠しているんじゃないって言われるまで、考えもしなかった。だけど私は弦さんと結婚したんだもの。いずれ子供を授かる時がくると理解していた。

だけどいざその時がきたのかもしれないと思うと、どうしてこうも心が落ち着かないのだろう。

もし妊娠していたら、私はどう思うの？

その答えは出ず、静かな待合室で呼ばれるのを待っている間、美香はなにも言わずにずっと手を握っていてくれた。

今日は混み合っているようで、なかなか超音波検査の順番がこない。

「平気？」

「うん、大丈夫」

不思議と吐き気が襲ってこない。緊張しているからだろうか。

それから待つこと十五分。やっと名前を呼ばれた。

「一緒に行こうか？」

立ち上がった私を心配そうに見つめる美香に、首を横に振った。

「ひとりで大丈夫」

病院にまで付き添ってくれたんだもの。そこまで甘えられないよ。

気丈に振る舞って案内された診察室に入ると、そこにいたのは五十代くらいの優しそうな女性医師だった。男性ではないことに少しホッとする。

「西連地未来さんですね、では超音波検査をしますので、仰向けになってください」

「はい」

看護師さんに案内され、下着などを脱いで検査台に乗る。

「では検査を始めますね。体に力を入れず、リラックスしてください」

「は、い」

深呼吸をして落ち着かせるも、初めての検査に医師の言う通りリラックスできそうにない。

それでもできるだけ体に力を入れないようにしていると、始まった超音波検査。

最初は違和感を覚えるも痛みはない。検査は十分ほどで終了した。

「お疲れさまでした。身支度を終えたら検査結果をお話しますね」

嘘、もうわかったの？　赤ちゃんがいるかどうか。

そう思うと着替えをする手が震える。それでもどうにか着替えを終えて診察室に戻った。

そして私が椅子に腰かけると、医師は真っ直ぐに私を見つめて微笑んだ。

「おめでとうございます、ご懐妊です」

ご懐妊？　それってつまり、私のお腹の中に赤ちゃんがいるってことだよね？

言われてもすぐに理解できなくて固まってしまう。その間も医師は続ける。

「妊娠七週目に入ったところですね。まだ本当に小さいんですけど、これが赤ちゃんです」

そう言って渡されたエコー写真。本当に小さくて、赤ちゃんだと言われないとわからないほど人間の姿をしていない。

それなのになぜだろうか。この子が私と弦さんの赤ちゃんで、自分のお腹の中にいると思うと、愛おしくてたまらない。

渡されたエコー写真を眺めていると、目頭が熱くなってくる。

「これから体重測定などを行っていただき、最後に採血をさせてください。……フフ、西連地さん？　聞いてましたか？」

医師に笑われながら言われ、我に返る。なんて言われたんだろう。

「すみません、えっと……」

わからなくて謝ると、医師はもう一度伝えてくれた。

「まだ実感が湧かないですよね。……私たちは、西連地さんに出産のご意思があると受け取ってもよろしいでしょうか？」

「もっ、もちろんです！」

産む以外の選択肢などない。だって大好きな人との間に授かった命だもの。

すぐに答えると、医師は安心した顔を見せた。

「出産までしっかりサポートさせていただきます。なにか不安なことなどがあったら私や看護師などへ、お気軽にご相談ください。採血の結果は次回受診時にお伝えしますね」

「ありがとうございます」

診察の後、別室へ移動して体重測定や採血を行っている間、考えてしまうのは赤ちゃんのことばかり。

「お疲れさまでした。では、待合室でお待ちください」

「はい」

診察室を出ると、待合室で私を待っていた美香は立ち上がって駆け寄ってきた。

「未来、どうだった？」

ハラハラした顔で私の答えを待つ美香に、笑顔で伝えた。

「妊娠、七週目だって」

「七週目って……嘘」

ポツリとつぶやくと、美香は目を潤ませて大粒の涙を流した。

「未来がママになるなんて……っ！　おめでとう～！」

静かな待合室で泣きだした美香に、ギョッとなる。

「ちょ、ちょっと美香」

何事かと私たちは注目の的。だけど美香が自分のことのように喜んでくれたのがうれしくて、私まで泣きそうになる。

「ありがとう、美香。……だけど一度落ち着こうか」

なだめるように彼女の肩をなでると、やっと美香も注目を集めていることに気づいたようだ。

「すみません」

小声で周囲の人たちに謝る美香と目が合うと、どちらからともなく笑ってしまった。

「だけど本当に信じられないなー。未来がママになるなんて」

病院を後にしてマンションへ戻るタクシーの中で、美香は感慨深そうに言う。

「それに未来、病院に来る前とはまるで別人みたい。もうすっかりママって感じ」

「そう、かな？」

自分ではわからない。

「でも不思議とね、病院に来るまでは、これからどうなるんだろうって不安でいっぱいだったのに、赤ちゃんがいるってわかったら自分でも不思議なほど不安が消えちゃって……」

「そっか」

お腹をさすっていると、優しい気持ちになる。

「そういえばお姉ちゃんも言ってたなー。子供がいたら、女は自然と強くなれるんだって。未来もそうなんだろうね。私にできることなんて少ないだろうけど、なにかあったらいつでも頼ってね。私は未来の味方だから」

そう言うと美香は、こちらを見て目を細めた。

本当に美香がそばにいてくれて私は幸せだ。美香という親友に出会えてよかった。

「ありがとう」

そして、美香にだからこそ、今の自分の素直な気持ちを聞いてほしい。

「さっき、診察室で先生からご懐妊ですって言われてからいろいろと検査をしている間ね、ずっと赤ちゃんのことばかり考えていたの」

相槌《あいづち》を打ちながら聞く美香に続ける。

「私は家族に恵まれてこなかった。亡くなったママは私のこともお父さんのことも愛してくれたけれど、お父さんは違った。……弟の敬一からは姉として慕われていたけれど、両親からは愛情を注いでもらえなかったでしょ？　だからこの子には私と同じ思いをさせたくないの」

家族ほど身近で大切な存在はいないから。

「弦さんと本物の夫婦になって、この子にたくさんの愛情を注いであげたい。幸せだって毎日感じてほしいの。……そのためにも私、強くなりたい」

自分の想いを伝えると、美香はそっと私の手を握った。

「それで未来はこれからどうしたいの？」

「弦さんが戻ってきたら、妊娠の報告をする時に好きって言う。それで弦さんにも私のことを好きになってもらって、本物の夫婦になりたい」

言葉にして強く願う。自分の幸せのためにも、生まれてくるこの子のためにも弦さんと本物の夫婦になりたいと。

「じゃあそうなれるようにがんばらないと」

「うん」

そうだ、自分の願いを叶えるためには行動を起こさなければならない。努力なくして幸せになどなれないんだ。

「さっきも言ったけど、私ならいつでも力になるからね」

「うん、ありがとう」

美香は私をマンションまで送り届けると、「今日はゆっくり休んでね」と言って帰っていった。

ここ最近、ずっと食欲がなくて吐き気に悩まされていたというのに、その理由がわかった今は落ち着いている。

ソファに座ってスマホを確認するも、新着メッセージも不在着信もない。

「今日も連絡なし、か」

弦さんが出張に出てから、彼とは一度も連絡を取り合っていない。なにかあったら連絡してって言われたけれど……。

弦さんの連絡先を呼び出して手が止まる。

「なにから話せばいいんだろう」

そもそも電話で伝えることではないよね。妊娠していることも、彼を好きだという思いも。

スマホをテーブルに置いて、ゆっくりと横になる。

弦さんはどんな反応をするだろう。子供ができたって言ったら、喜んでくれるかな？　でも私が好きって言ったら？　同じように喜んでくれる？

そんなことを考えていると眠気に襲われ、いつの間にか眠ってしまった。

週明けの月曜日。私は母子手帳の交付に区役所へ出かけた。

母子手帳と自治体独自の支援制度の説明を受け、妊婦だということを知らせるキーホルダーももらえた。

さっそくバッグにつけて帰路につく。

「なんかまだ夢みたい」

帰宅後。ゆっくりしてから軽く夕食を済ませ、交付されたばかりの母子手帳を眺めてしまう。

これから健診の時に必要となり、埋まっていくたびにさらに実感するのかも。赤ちゃんが生まれるんだって。

まだ見ぬ我が子を想像しては頬が緩む。

どんな子が生まれるのかな。男の子？　それとも女の子？　どっちに似るんだろう。

母親としてきちんと育てていけるか、まだ自信なんてないけれど、大切にしたいと心から思う。

きっと弦さんはいい父親になりそう。だってすごく優しい人だもの。……それこそ、同情で私と結婚できてしまうほどに。

彼の口から聞いた言葉を思い出すと、今でも泣きそうになる。でもいつまでもうしろ向きな気持ちでいてはだめだ。

美香の言う通り、きっかけはどうであれ、弦さんは私と結婚してくれた。最後に同じ気持ちになってもらえればいい。

どうしたら弦さんは、私を好きになってくれるんだろう。

まぶたを閉じると、彼と初めて会った日に言われたことを思い出す。

『両親がそうであったように、俺も家を他人に任せるようなことをしたくない。だから結婚後は家政婦などを雇うことなく、家事などは俺とふたりでやってほしいんだ。それさえ了承していただけるのなら、今すぐにでも結婚の話を進めさせてくれ』

弦さんが私に求めた結婚の条件は、家事を一緒にしてほしいということだった。それに関しては、クリアできていると思う。

だけど弦さんが好きな女性は？　家事ができることは、結婚する相手に求めていることであって、恋人に求めていることではないよね？

それはわからないけれど……これだけはわかる。彼に愛される女性は幸せだということ。

これまでの弦さんとの日々が頭を駆け巡る。

優しくて一緒にいると心地よくて、結婚してから私はずっと幸せだった。

もちろん結婚する前も敬一と美香がいてくれて幸せだった。でも弦さんは、女性として、そして家族として愛される幸せを教えてくれた人。

彼のおかげでお義父さんとお義母さんの愛情に触れ、血がつながっていなくても、本当の娘のように接してくれたことがどんなにうれしかったことか。

いよ。

だから私は弦さんに愛されなくてもいい、家族になりたいと思ったんだ。

でも今は違う。彼に心から愛されたい。気持ちを通い合わせ、この子を迎え入れた

弦さんに対する想いがあふれて止まらず、スマホを手にする。

ずっと連絡を取ることができなかったし、電話で言うつもりはないけれど、ひと言

だけでもいい。声が聞きたい。

時刻は二十二時過ぎ。向こうは九時くらいだろうか。……仕事が始まっているかど

うかの時間帯だ。

仕事の邪魔はしたくないけど、でも、もしまだ始業前だったら……。

恐る恐る連絡先をタップして発信ボタンを押した。

3《スリー》コール以内に出なかったら切ろう。

心臓をバクバクさせて耳を傾ける。そして1《ワン》コール目が終わり、2《ツー》コール目に入ろ

うとした時。

『もしもし』

耳に届いたのは、久しぶりに聞く弦さんの声だった。

『もしもし、未来？』

優しい声色に、涙がこぼれ落ちた。

どうして声を聞いただけで泣いちゃうんだろう。それほど彼が好きってこと？　だけど、ずっと聞きたかった。話したかった。……弦さんと。

『どうした？　未来。なにかあったのか？』

「弦さん、早く会いたいです」

心配そうに聞く彼に込み上げてくるものがあり、素直な想いが口をついて出た。

言葉にしないと伝わらない想い　弦SIDE

ニューヨークに来て、そろそろ一週間が経とうとしていた。

竹山が二週間の滞在の間に予定を詰め込んでくれたおかげで、分刻みのスケジュールをこなしている。だけど今の俺にはこの忙しさがありがたい。

タクシーで移動中、助手席で仕事のスケジュールの確認をしている竹山を後部座席から眺めながら、何度も手に取り見てしまうのは自分のスマホ。

日本を発ってから一度も未来と連絡を取っていない。いつもだったら彼女の性格上、仕事の邪魔をしないようにと考え、連絡をしてこないだけと思えるが……。

頭をよぎるのは、出張に出る前の未来の様子。

あきらかにおかしかった。避けられていたし、話をしていても目を合わせようとしなかった。

結婚して一度もこんなことはなかったから、どうしたらいいのかわからない。気づかないうちに彼女を不快に思わせるような言動をとってしまったのだろうか。

こうしてなにも連絡をしてこないのは俺に気遣ってではなく、ただ単に連絡したくないからでは？

スマホを見つめて頭を悩ませていると、「どうかされましたか？」と竹山に声をかけられた。

「いや、なんでもない」

すぐにスマホをしまうも、バックミラー越しに目が合った竹山は疑っている。

「そんなふうには見えませんが。こちらに来てからというもの、暇さえあればスマホを見ていましたよね？　仕事以外のことは干渉しないつもりでしたが、仕事に支障をきたすようでしたら黙って見過ごせません。……そんなにお悩みになるほど、奥様となにがあったんですか？」

「どうしてそう思う？」

困惑しながら聞くと、竹山は深いため息を漏らした。

「専務がお仕事以外のことで悩まれるとしたら、奥様のこと以外考えられません」

納得し、思わず大きくうなずいてしまう。

「タイミングよくこれから会食予定だった取引先の社長の秘書から、社長の体調不良を理由にキャンセルのメールが入りました。ですので、どこかで食事をしながら専務の悩みを聞いてさしあげましょう」

言葉に棘を感じる竹山の話し方にムッとなるも、俺ひとりではどんなに考えても答えが出ない問題だ。

「そうか。じゃあ頼む」

「かしこまりました。近場でゆっくり食事ができる場所を直ちに探します。そこで少し体も休ませてください。申し訳ございません、少々予定を詰め込みすぎました」

そう言うと竹山はタブレットで検索し始めた。

竹山が秘書でいてくれて、心底よかったと思う。些細な変化にもいち早く気づいてくれるのだから。

「いや、スケジュール的に問題はない。俺が悪いんだ。未来のことが気になってなかなか夜、寝つけなかったから」

「そうでしたか。……では、ますますしっかりと専務のお話を聞かなければなりませんね」

「あぁ、よろしく頼むよ」

クスリと笑った竹山につられ、俺も笑ってしまう。

竹山が見つけた店は、近くのホテルにある日本料理店。すべて和室の個室となっており、久しぶりに畳の上に座った。

「ここなら食後に少しはゆっくりできるかと思ったのですが、いかがですか?」

「そうだな、ありがとう」

店員に料理を注文し、運ばれてくるまでの間に今日のスケジュールの確認をする。

そして料理がテーブルに並べられて店員が部屋から出ていくと、竹山はさっそく切り出した。

「それで専務、奥様とはなにがあったんですか?」

「いきなりだな。まだひと口も食べていないというのに」

「時間は無限ではございませんので。それに専務がゆっくりと休む時間も減ってしまいます」

淡々と言うと、綺麗な箸遣いで料理を口に運んでいく。

「仲睦まじいご様子だったのに、どうなされたんですか?」

再三説明を求めてきた竹山に、どう伝えたらいいのかわからない。

「俺もわからないから困っているんだ。急に未来の態度が変わったんだ。なにかと避けられ、言葉数は少ない。しかし心あたりがなくて……」

悪いことをしたなら、いくらでも謝る。だが、理由もなく謝ったとしても意味のないこと。さらに関係が悪化してしまう事態になりかねない。

だからなぜ未来の様子がおかしくなったのか、必死に理由を考えているが答えが出ない。

「そうですか、それは困りましたね」

さすがの竹山も考え込む。

「ちなみに、いつから奥様のご様子に変化が見られたのですか？」

「そう、だな」

未来の様子がおかしくなったのは、たしか……。

「そういえば竹山が家に訪ねてきた日を境にだ。竹山が帰った後、譲渡会に行こうと言っていたが、急に未来の体調が悪くなって中止となり、次の日から避けられるようになった気がする」

「私が専務のお宅にお邪魔した日ですか」

竹山の箸を持つ手は止まり、少しの間考え込む。

「あの日、私と専務はどんなお話をしたか覚えていらっしゃいますか？」

「仕事の話だろ？」

「仕事の話をする前に、したではありませんか。奥様のお話を」

竹山に言われ、記憶を呼び起こす。

たしかに竹山が来てすぐに未来の話になった。だけどそれと今回のことは関係ないのでは？

首をひねる俺に竹山は厳しい目を向けた。

「以前からお聞きしたかったのですが、専務は奥様にご自身の気持ちをしっかりとお伝えになったことがありますか？」

「あたり前だろう。結婚式の日、誓いのキスの前に言ったさ。生涯かけてキミを幸せにすると」

「ほかには？」

間髪を容れずに聞かれ、言葉に詰まる。

「ほかにって、どういう意味だ？」

「そのままの意味です。専務は奥様のことを愛していらっしゃるんですよね？　でしたら『好き』や『愛している』と言葉にして、ちゃんとお伝えになりましたか？」

「それは……ない」

そう言うと竹山は深いため息を漏らした。

「なんとなくわかりましたよ、奥様のご様子が変わられた原因が。全面的に専務が悪いと思います」

「いったい俺がなにをしたんだ？」

もったいぶる竹山に苛立ちを隠せない。早く教えてほしい、どうして未来は俺のことを避けるようになったのか。

「専務は仕事でもそうですが、普段から言葉足らずなところがあります。相手を思いやっていても、それを言葉にして伝えないとだめです。相手が奥様なら、なおさらです。おふたりの結婚のきっかけはいわゆる政略結婚ですよね？　専務がどんなに奥様を愛していらっしゃるとしても、それが奥様に伝わっていなければ、なんの意味もないんです。……もしかしたら奥様は専務に恋愛感情はなく、また専務も親に言われ仕方なく自分と結婚した、愛されていないと思っておられるかもしれませんよ？」

「まさか」

否定しても、不安が拭えない。

俺と未来は親に言われ、この結婚を受け入れた。もちろん俺はともに過ごす時間の中で彼女のことを好きになった。

結婚式の日に生涯かけて幸せにすると誓い、俺なりに愛情を注いできたつもりだ。

キスもその先も受け入れ、俺と家族になろうとしてくれている。だから勝手に自分と同じ気持ちだと思っていたが、違うのか？　未来は俺のことなど好きではない？

思いを巡らせていると、竹山は追い打ちをかけるように言う。

「あの時、おっしゃいましたよね？　両親から受けるはずの愛情を与えられずにきたんだ。どれほどつらい思いをしてきたか。これからはそんな思いをさせたくないと」

「そうだが？」

それがどうしたというんだ？　竹山の言いたいことがわからない。

「専務のお気持ちを知らない奥様が聞いていたら、こう思うのでは？　専務は自分を憐れみ、同情心から結婚してくれたのだと」

憐れみ？　同情心？

「違う！　俺は未来を愛しているから結婚したんだ」

思わず声を荒らげると、竹山は厳しい表情を緩めた。

「でしたらそれをしっかりと奥様にお伝えください」

「……そう、だな」

一度だけ経験した苦い恋でも、原因は俺にあった。しっかりと自分の気持ちを相手に伝えず、不安にさせた俺が悪かった。浮気をされても仕方がなかったんだ。

恋愛から遠ざかり、仕事に没頭するあまり肝心なことを忘れていた。

俺はまた同じ過ちを繰り返すところだった。昔のように、仕方がないのひと言で片づけられない。未来がそばにいない日々などもう考えられないというのに。

帰ったら未来に言おう。俺が未来と結婚したのは親に言われたからでも、ましてや同情したからでもない。未来のことを愛しているからだと。

そう心に決め、料理に箸を伸ばす。竹山もまた食べる手を動かすと、チラッと俺を見た。

「できれば仕事面でもそうしてほしいものです。専務は部下に対して、相手が優秀であればあるほど厳しく接しますが、それは期待しているからだと伝えないと、冷酷な人だと勘違いされたままですよ?」

勘違いされたまま、ね。竹山もうまく言葉を濁したものだ。

重役たちをはじめ、社員から自分がどう思われているかくらいわかっている。長年会社に尽くしてきた重役たちには、うるさい若造として煙たがられているだろう。

そして社員からは、冷酷で優しさの欠片《かけら》もないと思われているんだろうな。

「つまり竹山はこう言いたいんだろう?　嫌われ者の秘書をしている自分の気苦労を、少しでも減らしてくれと」

さっきの仕返しとばかりに棘を生やして言うと、珍しく竹山は焦りだす。

「そういう意図で言ったのではありません。しかしそう受け取られてしまったのなら、私の言葉足らずのせいですね、申し訳ございません。……私はただ、専務のお人柄や仕事に対する思いを、社員全員に理解してほしいだけです」

頭を下げて謝罪する竹山。少し意地悪しすぎたようだ。

「わかってるよ、竹山の気持ちは。……だけど俺は今のスタイルを変えるつもりはない。社員には冷酷だと恐れられ、嫌われたままでいいと思っている」

「なぜですか？」

理解できないと言いたそうに顔を上げて俺を見る竹山に、自分の考えを打ち明けた。

「俺は人間社会において、集団の中には嫌われ者が必ず必要だと思っている。不思議と誰かひとりが嫌われ者になることで、団結力が増す。恐れる存在がいれば、規律が乱れることもないだろ？　俺はそういう立場であるべきなんだ」

はたから見たら親の七光りで、実力もないのに専務職に就いたと思われるだろう。それでいいんだ。

「俺に負けないように仕事に精を出し、知恵を出し合ってチームワークが高まればいい。損な役回りで結構」

社員の士気が高まり、業績が伸びて会社を大きく成長させる力になってくれたらいいんだ。

「それに社員や重役たちにどう思われようと、竹山だけは俺のすべてを理解してくれているんだろ？」

片眉を上げて尋ねると、竹山は目を瞬かせた後、珍しく表情を緩めた。

「もちろんですよ。社内では専務の一番の理解者だと自負しております。今後もなにがあっても、私は専務の味方です。それだけはお忘れなきようお願いいたします」

「ありがとう。これからもよろしく頼むよ」

「かしこまりました」

その後はとくに言葉を交わすことなく料理を堪能し、竹山は「少しお休みください」と言い、俺に横になるよう促した。

寝なくても平気だが、有無を言わさぬ勢いに押され、言われた通りにすると、急に睡魔に襲われる。疲れがたまっていたようだ。

竹山はノートパソコンを開き、仕事を始めた。

「時間になったら声をかけますので、少し寝てください。奥様に早くお伝えするためにも、今後の仕事を巻きでいくのでしょうから」

「本当、俺の秘書は優秀だ。言わなくてもわかってくれるんだから」

「当然です」

涼しい顔でそう言って、カタカタとキーを叩く竹山にクスリと笑いながらまぶたを閉じる。

未来に早く会いたい。一日でも早く日本に帰りたい。そのためにも今は少しでも体を休めよう。

すぐに俺は深い眠りに落ちた。


午後から精力的に仕事を片づけていき、次の日も朝早くから会議に出席。次は昨日キャンセルとなった社長との昼の会食だ。

それまでの空き時間に、ニューヨーク支社で用意してもらった個室で午後に訪れる関連会社の資料に目を通していると、ふと未来のことが頭をよぎりスマホを手に取る。

何度も電話をかけようと思ったが、できなかった。声を聞いたら今すぐに会いたくなりそうだったから。

「未来は今、なにをしているだろうか」

向こうは夜の二十二時過ぎ頃。もう寝ている？

「会いたいな」

未来のことを想うと漏れた本音に、苦笑いしてしまう。

いつの間にか俺の中で未来はとても大きな存在となっていた。最初はこちらの条件を受け入れてくれるなら、誰でもいいと思っていたのにな。

スマホをしまって仕事を再開しようとした時、着信音が鳴った。

画面には、電話の相手は未来だと映し出されている。

それを見てすぐさま電話を取った。

「もしもし」

しかし言葉が返ってこない。

うれしくて咄嗟に出たが、そもそも、どうして急に未来は電話をかけてきたのだろうか。

『もしもし、未来？』

再度名前を呼ぶが、一向に彼女の声が聞こえない。

『どうした？　未来。なにかあったのか？』

日本を発つ前に、なにかあったら連絡をしてくれと伝えた。これまで一度も連絡がなかったのに電話をしてきたということは、なにかあった？

心配で聞くと、未来は消え入りそうな声で言った。

『弦さん、早く会いたいです』

「えっ……」

予想しなかった言葉に戸惑う。

俺の聞き間違い？　未来が俺に会いたいなんて……。

すぐには信じることができず言葉を失う。

『会いたいです、弦さん。……だから早く帰ってきてください』

涙声で放たれたひと言に心が震える。

聞き間違いではなかった。未来も俺に会いたいと思ってくれていたんだ。

嫌でも期待してしまう。彼女もまた自分と同じ気持ちなのではないかと。

「わかった、一日でも早く帰る。……俺も未来に早く会いたい」

会って好きだと伝えたい。そして未来の気持ちも聞きたい。

『本当、ですか？』

「あぁ、会いたいよ。こっちに来てから未来のことばかり考えていた」

愛しさがあふれて止まらない。声を聞いただけで今すぐに会って思いっきり抱きしめたくなる。

「急いで仕事を終わらせるから待っててくれ」

『はい！　でも、無理はしないでくださいね』

「あぁ、わかってる」

ふとした瞬間に彼女の優しさに触れ、こういうところが好きだとしみじみ感じてしまう。

『えっと……それでは、また。お仕事、がんばってください』

「ありがとう。おやすみ、未来」

『はい、おやすみなさい』

通話を切った後も、スマホを握りしめたまま余韻に浸る。

たった数分だけのなんてことのないやり取りが、たまらなく幸せな時間だった。

未来に『会いたい』と言われるとは、夢にも思わなかった。どうしたらいいだろうか、さらに彼女に会いたくてたまらなくなってしまった。

「やるしかないな」

一日でも早く帰れるよう、仕事を片づけよう。

よりいっそう集中して取りかかり、俺は二日前倒しして帰国の途についた。

「専務、空港でなにを買われたんですか？」

ゆったりとした座席からニューヨークの街並みが小さくなっていくのを眺めていると、ふいに隣に座る竹山が聞いてきた。

「なにやらアクセサリーを買われていたようですが」

「だったら聞くまでもなくわかるだろ？　未来へのお土産だ」

思い返せば、結婚してからプレゼントを贈ったことがなかった。

「どのようなものをお買いに？」

「……ネックレスだ」

世界的にも有名なブランドの、ピンクダイヤモンドの限定ネックレス。ほんのりとピンク色に輝き、独特の輝きを放っていた。

未来に似合うと思い購入したが、喜んでくれるだろうか。

「ネックレスですか。専務はご存じですか？　男性が女性へネックレスを贈る意味を」

「意味なんてあるのか？」

初めて聞く話に首を傾げると、竹山はその意味を教えてくれた。

「ええ。いにしえの時代、ネックレスをプレゼントすることは、相手の無事や幸せを願う、お守りのような意味が込められていたようです。現代では相手に贈るネックレスは、絆を深めたい、永遠につながっていたいという意味が込められた幸せのアイテムとされています。また、ジュエリーを贈る行為には、相手を独占、束縛したいという深層心理があるそうですよ」

「そう、なのか」

意味を聞き、なんとも言えぬ気持ちになる。

少なからずあたっている。俺は未来と絆を深めたい、一生一緒にいたいと思っているし、彼女を独占したい気持ちもあるから。

しかし、ネックレスにそんな意味があるとは知らなかった。もしかして未来も知っているのだろうか。

「なぁ、それは一般常識なのか？」

気になり聞いてみると、竹山は小さく首を振った。

「興味がない方はご存じないかと。私は仕事柄、様々な雑学を身につけた際に学んだことでしたので。……奥様も知らないといいですね。あからさまなプレゼントにドン引きされたら大変ですし」

「不吉なことを言うな」

実際に未来がネックレスを贈る意味を理解していて、それで引かれたらどれほどショックか。

「失礼しました。きっと奥様ならお喜びになると思いますよ」

笑いをこらえながら言われては、本心ではないのでは？と疑う。

「それにしてもさすが専務ですね。二週間でもきついスケジュールを、二日も前倒しなさるとは。そこまでして奥様にお会いになりたいのですか？」

「当然だろう。……早く会いたくてたまらないよ」

本音を漏らすと竹山は「ごちそうさまです」と言って、こんな時まで仕事に取りかかった。

上空一万メートルに達し、飛行機は安定した飛行を続ける。

家に帰って未来に会ったら、どうやって切り出したらいいだろうか。まずはプレゼントを渡すか？　それから好きと伝える？

頭の中で未来と会ってからのことをシミュレーションしていると、疲れがたまっていたのか、いつの間にか眠ってしまっていた。

約十三時間のフライトを終え、成田空港に着いたのは十八時過ぎ。

空港で竹山と別れ、タクシーで帰路につく。

「ありがとうございました」

マンションに着くと支払いを済ませ、コンシェルジュに挨拶をしてエレベーターで最上階に向かう。そして部屋の前で足を止めると、心を落ち着かせるように深呼吸をした。

未来には飛行機の到着時間を知らせていたから、家にいるだろう。

ただ家に帰るだけだというのに、緊張するとかおかしいだろ。

もう一度深呼吸をしてから鍵を開ける。そしてドアノブに手をかけると、俺が開けるより先にドアが開いた。

「おかえりなさい！」

勢いよく開いたドアの先にいたのは、笑顔の未来。

「あっ……ただいま、未来」

こんな出迎え方をされたのは初めてで戸惑う。それになんだ？　この未来の笑顔は。かわいくて仕方がない。

今すぐに本能のまま抱きしめて、キスをしたい欲望を必死に抑える。

すると未来はハッとし、おずおずと後ずさりした。

「すみません、驚かせてしまって。……あの、お疲れさまでした」

チラチラと俺の様子をうかがう姿に我慢できず、中に入って玄関のドアを閉めると同時に彼女を思いっきり抱きしめた。

久しぶりに感じる未来のぬくもり。

「あ、あの弦さん？」

突然の抱擁に未来は戸惑っている。その仕草にさえ愛しさを感じてしまう。

いや、いつだって未来に対して『かわいい』、『愛しい』という感情を抱いていた。体を重ねれば、何度も心の中で『好きだ』『愛している』と唱えている。

ただ、それを言葉に出していないだけ。それでは未来になにも伝わらないのに。

よりいっそう未来を抱きしめる腕の力が強まる。

「好きだよ、未来」

「えっ」

愛の言葉をささやくと、未来はびっくりして勢いよく俺から離れた。そして瞬きすることなく俺をジッと見つめる。信じられないと言いたそうに。

彼女のそんな表情を見て、俺の気持ちは彼女になにひとつ伝わっていなかったのだと痛感する。

だったら自覚してくれるまで、何度でも伝えればいい。

「今まではっきりと伝えず悪かった。……結婚まで何度かデートを重ねる中で、俺は未来に惹かれていった。好きだから結婚したんだ。結婚式の日に神様の前で誓った言葉に嘘はない。俺の生涯をかけて、未来を幸せにしたい」

「弦さん……」

未来は大きく瞳を揺らし、ポツリと俺の名前をつぶやく。

「未来は？　俺のことをどう思っている？　親に言われたから、仕方なく結婚してくれたのか？」

感情は高ぶり、彼女の気持ちを急かすような聞き方をしてしまった。だけど未来はすぐに首を横に振る。

「違います！　……最初は親に言われて受け入れた結婚でしたが、私も弦さんに惹かれていきました。でも、弦さんは私の家庭の事情を知り、それで同情して結婚してくれたとばかり思っていて……」

そこまで言いかけると、未来の瞳からは涙がこぼれ落ちた。

竹山の言う通り、この前の話を聞かれていて、未来に誤解をされていたようだ。

「私は弦さんに愛されていると、思ってもいいんでしょうか？」

涙を拭い、真っ直ぐに見つめられて聞かれた言葉にたまらず未来を抱きしめた。

「いいに決まってるだろ？　俺は未来のことを愛しているんだから。本当にごめん、ずっと肝心なことを伝えず。……俺は一生未来を手離すつもりはない。この先もそばにいてほしい」

「は、い。……はい！」

何度もうなずくと、未来は俺の背中に腕を回した。

「私も弦さんが大好きです」

初めて未来の口から聞いた愛の言葉。誰かに好意を寄せられるのが、こんなにうれしいと感じるのは初めてだ。

キッチンのほうからおいしそうな匂いがする。きっと俺が帰る時間に合わせて料理を作ってくれていたのだろう。

だけど今はすぐにでも未来に触れたい。二週間近く触れていなかったんだ。未来で心も体も満たされたい。

その思いが強くなり、ゆっくりと彼女の体を離した。

「未来、つかまって」

「え？」

戸惑う未来の体を抱き上げると、彼女はギュッとしがみつく。そのまま家に上がり、真っ直ぐ向かう先は寝室。

暗い室内に足を踏み入れると、ゆっくりと未来をベッドに下ろした。そしてすぐに彼女に覆いかぶさるものの、様子がおかしい。

「未来？」

口もとに手をあて、横を向いた。

「すみません、振動に酔ったみたいで……」

そこまで言うと未来は起き上がり、駆け足で寝室を出ていく。

振動に酔ったってどういうことだ？

俺もワンテンポ遅れて廊下に出ると、未来はトイレに入った。

「未来、大丈夫か？」

トイレの前でそっと声をかけるが、返事が返ってこない。

さっきまでは普通だった。それなのに今は戻しているようだし、もしかしてなにかの病気なのか？

と、とにかく水を持ってきたほうがいいよな。

動揺しながらもキッチンへ向かい、コップに水を注いで戻ると、ちょうど未来が青ざめた顔でトイレから出てきた。

「大丈夫か？　とにかくうがいを」

「ありがとうございます」

俺からコップを受け取ると、洗面所へ向かう未来が心配で俺も後をついていく。

「落ち着いたか？」

「はい、急にすみませんでした」

彼女の体を支えてリビングに入ると、並んでソファに腰かける。すると未来はチラッと俺の様子をうかがう。

「あの、弦さん。お話ししたいことがあるんです」

改まって言われると、体中に緊張が走る。俺が出張中に病気が見つかった？

「どうした？」

声をかけると未来はゆっくりと立ち上がり、リビングにある引き出しからなにかを手にし、それを背に隠して戻ってきた。

その表情は心なしか明るい。悪い病気が見つかったわけではない？

疑心暗鬼しながら隣に座る未来を眺めていると、彼女はおずおずとある物を俺に差し出した。

それを見て目を疑う。表紙には『母子健康手帳』と書かれていたから。

「え？　未来、これは……？」

動揺しながら手帳と未来を交互に見ると、彼女はやわらかく笑った。

「体調が優れなくて、美香に付き添ってもらい病院へ行ったら、妊娠七週目と言われました」

「七週目って……」

嘘だろ？　本当か？　未来が妊娠しているなんて。

一瞬頭が真っ白になる。だけどしだいにうれしさと父親になるという責任感。そして湧き起こる感動に襲われ、熱いものが込み上がる。

「弦さん？」

未来にそっと名前を呼ばれ我に返る。俺がなにも言わないから不安になったのかもしれない。

「悪い、違うんだ。自分が父親になるんだと思うと、不思議な感覚というか、感動するというか……。すまない、あまりにうれしくて言葉が見つからない」

「弦さん……」

気を緩めたら泣いてしまいそうだ。

泣き顔を未来に見られたくなくて、そっと彼女を抱き寄せた。

「それじゃさっきのは、つわりだったのか？」

「はい。少しはよくなったんですけど、まだちょっとしたことで気持ち悪くなっちゃって」

たしかつわりだと、食欲もなくなるんだったよな？

「大丈夫か？　ちゃんと食べられている？　少し痩せたんじゃないか？」

体を離してまじまじと未来を見ると、顔に顕著に現れている。

「食欲がなくて……。でも食べられるものをしっかり食べているので大丈夫です」

未来はそう言うが、心配でたまらない。妊娠すると女性の体がどう変化するかわからないから余計に。

明日にでも本屋で妊娠に関する本を買って勉強しよう。

「私、弦さんと本物の夫婦になってこの子を迎え入れたいって思ったんです。だから本当に私もうれしいです」

戸惑いながらも、一生懸命自分の気持ちを伝えてくれる未来が、愛おしくてたまらない。

自分がつらい思いをしてきたからこそ彼女は、我が子に同じ思いをさせたくないと思ったのだろう。

本当、しっかりと言葉にして好きと伝えていなかった自分が悔やまれる。これからは後悔しないよう、感じた気持ちや抱いた感情をすべて彼女に伝えよう。

「弦さんとふたりで、この子にたくさんの愛情を注いであげたいです」

「あぁ、そうだな」

俺も同じ気持ちだ。生まれてくる子が幸せだと感じる十分な愛情を与えてやりたい。

再び彼女を抱きしめ、優しく髪や背中をなでる。

「ふたりで大切に育てていこう」

「はい！」

力強く返事をすると未来は珍しく、ギュッとしがみついてきた。そして頬をすり寄せてくる。

これは甘えてくれているのだろうか？　未来はこうやって甘えるんだな。

かわいい行為に胸がしめつけられる。

この先なにがあっても未来と、そして生まれてくる子供をしっかりと守っていこう。

彼女を抱きしめながら強くそう誓った。

愛する人とともに強くなりたい

弦さんと想いが通じ合い、そして妊娠のことを伝えてから一ヵ月。

「んっ……」

目が覚めると隣に弦さんの姿がない。ゆっくりと起き上がって時間を確認すると、六時半を回っていた。

昨夜、たしかに六時にアラームが鳴るように時計をセットしたはず。それなのに鳴らなかったということは、弦さんにやられたということだ。

「もう弦さんってば、また勝手に……」

なんて言いながら、彼の優しさがうれしくて頬が緩む。

弦さんは妊娠した私を必要以上に心配する。朝も起きなくていいと言われ、朝食の準備までしてくれる。

だけど仕事をしている彼にやらせるのが申し訳なくて、いつもと同じ時間に起きて朝食を作り続けていたら、弦さんは強硬手段に出たんだ。

今のように時計のアラームを勝手に解除して、私を起こさないように彼が早く起きる。そして私が起きる頃には、朝食の準備が終わっているんだ。

起き上がって寝室を出ると、廊下にはおいしそうな匂いが漂っている。珈琲の芳しい香りも。

キッチンへ入ると、ワイシャツの袖をまくり、エプロンをつけた弦さんがフライパンで目玉焼きを焼いているところだった。

私に気づくと弦さんは「おはよう」と、まぶしい笑顔を見せた。

「おはようございます。すみません、ご飯用意してもらって。……でも、また勝手にアラームを止めましたよね？　私、もうつわりも落ち着いたので大丈夫ですよ？」

やっと吐き気も治まり、今は食欲が増して困るほど。だからご飯の準備だってできるのに。

でも弦さんはそう思っていないようで、顔をしかめた。

「なにを言っているんだ？　まだ安定期に入っていないんだ。安静が一番だ。いいか？　くれぐれも俺がいない間、無理だけはするな」

「……はい」

厳しい口調で言われ、ただ返事をすることしかできない。

弦さんがここまで過保護だということを初めて知った。

とにかく私が少しでも家事をしようものなら、全力で止めにくる。結婚前にあまり他人を家に入れたくないと言っていたのに、私が快適に過ごせるようにと、家政婦さんを雇い始めた。

平日は毎日来てくれるよう手配してくれて、おかげで家事や料理をお願いできているけれど、なんだか申し訳なくなる。

「顔を洗ってくるといい。その間に準備をしておくから」

「すみません」

謝罪の言葉を口にすると弦さんは小さく息を漏らし、火を止めて私のもとへ歩み寄ってきた。

そして私の前で足を止めるとかがんで顔を覗き込む。

「俺は未来に『すみません』じゃなくて、『ありがとう』って言われたほうがうれしいんだけど」

「あっ……」

そうだよね、こういう時は『ありがとう』だよね。

「ありがとうございます、弦さん」

言い直すと、彼は満足げに笑った。

「ん、それでいい。顔を洗っておいで」

優しい言葉とともに頭をなでられ、ドキッとしてしまう。

「は、い」

弦さんはずっと優しかった。でも想いが通じ合ってからは優しさも甘さも増した気がする。おかげで私はドキドキさせられっぱなし。

洗面所の鏡に映った自分の頬は赤く染まっている。

「やだな、もう」

この顔を弦さんに見られたってことでしょ？　すごく恥ずかしい。

そして首もとに光るピンクダイヤモンドのネックレス。これは彼が出張のお土産に買ってきてくれたもの。

デザインもかわいいし、弦さんが私に似合うと選んでくれた。もらってから毎日肌身離さずつけていて、鏡を見るたびにうれしくてニヤけてしまう。

それから前髪を上げてぬるま湯で顔を洗うと、少しは火照りがとれた。もう大丈夫かな？

戻るとテーブルの上にはトーストにサラダ、目玉焼き、珈琲といった料理が並べられていた。

「悪いな、簡単なものしか用意できず」

「いいえ、十分です。ありがとうございます」

お礼を言うと弦さんはうれしそうに目を細めた。

私が弦さんに「ありがとう」と言われたらうれしいように、彼もそうなのかな？

そう思うと私も頬が緩む。

ふたりで向かい合って座り、彼が作ってくれた朝食をいただく。

弦さんは以前にも増して家で過ごす時間が多くなった。仕事で無理をさせていないか不安になり、何度か聞いたことがあるが、大丈夫の一点張り。

身籠った私が心配で仕事が手につかず、家に持ち帰ってくることもしばしば。

申し訳なく思う一方で、愛されていると実感できてうれしくもある。

幸せを噛みしめながら食べていると、弦さんが思い出したように話し始めた。

「そうだ、今週末にしようか。うちの親に妊娠の報告に行くのは。未来の体調も落ち着いてきたし、こういうことは早いほうがいいだろう」

「そうですね」

電話で報告をしようとも考えたが、やっぱり直接会って伝えようとふたりで決めた。

「じゃあ予定を確認しておく。……それで未来のご両親にはいつ報告しようか？　なんなら電話でもいいし、俺が会って伝えてきてもいいが」

そうだよね、父と節子さんにも当然妊娠の報告をしなければならない。できることなら会いたくない。でも親子だもの。一生会わずにはいられない。それに両親にとって生まれてくるこの子は孫にあたる。初孫だもの、喜んでくれるかもしれない。

グルグルと思いを巡らせていると、弦さんが心配そうに言った。

「未来は体調が悪いと言い、やはり俺が会って伝えてこよう」

「えっ？」

「変に気を使って疲れるだろ？　お腹の中の子にも悪い」

いいの？　本当にそれで。両親と一緒に暮らす家が嫌で逃げるように結婚して、このままずっと逃げ続けたままで。

子供を授かったことで、もしかしたら両親との関係にも変化が生じるかもしれない。

「平日の夜にでも、未来の実家に行ってくるよ」

「あの、やっぱり私も一緒に行ってもいいですか？」

「え……でも大丈夫か？」

思いきって言うと、弦さんは戸惑いながら聞いてきた。そんな彼を安心させるように笑顔で自分の想いを伝える。

「私は両親に愛されることはなかったですが、生まれてくる子は違うかもしれません。それにこの子をきっかけに、両親といい関係を築けるかもしれないと思って」

よく子供と孫に対する愛情は違う、孫をかわいがる祖父母が多いと聞くもの。うちの両親も私に愛情を抱かなくても、この子なら違うかもしれない。

「この子は私と弦さんにはもちろん、みんなに愛される子であってほしいんです」

まだ膨らみも少ないお腹をなでると、自然と愛しさが込み上がる。

この子にだけは、絶対に自分と同じつらい思いをさせたくない。

「だから逃げていないで、両親には自分の口から報告するべきなのかなと思うんです。でもひとりで行くのは怖くて……。弦さん、連れていってもらえますか？」

弦さんが隣にいてくれたら大丈夫、怖くない。勇気を出すことができるの。だけど甘えすぎだろうか。

不安になると弦さんの口は優しい弧を描いた。

「もちろんだ。俺がついている。……正直、これ以上未来にはつらい思いをさせたくないが、未来が望むなら力になる。ご両親から全力で守るよ」

大好きな人が味方になってくれたら、これ以上心強いことはない。

「ありがとうございます」

胸がいっぱいになり、声が震えてしまう。

「連絡は俺のほうからしておく。行く前から変なストレスをかかえなくていい」

「……はい」

電話をしたところで、きっと素っ気ない声が返ってくるだけだろう。想像しなくてもわかる。

本当は連絡も自分でしたほうがいいのだろうけど、そこだけは甘えさせてもらおう。

「それじゃ行ってくる。今日もできるだけ早く帰ってくるが、もしなにかあったら遠慮なく電話してくれ」

「わかりました、いってらっしゃい」

玄関で見送ると、弦さんは私の頬にキスを落として颯爽と出かけていった。

パタンとドアが閉まると、熱くなる頬に触れる。

だめだ、まだこの甘い雰囲気に慣れそうにない。世の恋人や夫婦はこれが日常茶飯事なのかな？　いつか慣れる日がくるのだろうか。

だけど幸せな毎日に変わりはなく、この日常があるから両親とも立ち向かえる気がするんだ。

弦さんが両親にも予定を聞いてくれて明日は弦さん、日曜日は私の実家を訪れることになっている。

週末は忙しくなる。体調だけは万全にしておこう。

少しして来た家政婦さんに家事などはすべてお願いし、私はゆったりと過ごした。


迎えた土曜日。私は初めて弦さんの実家を訪れていた。

「まぁまぁ、未来ちゃんよく来てくれたわね」

「母さんと心待ちにしていたんだ。ゆっくりしていってくれ」

歓迎を受けて足を踏み入れたのは、純和風の素敵な邸宅だった。弦さんと一緒に暮らしていた家を売り、数年前に郊外にあるこの地に家を建てたらしい。

ふたりで暮らすのにちょうどいい広さの平屋の一軒家で、通された客間も十畳ほどの部屋。無駄なものがなく落ち着ける空間となっている。広い庭でふたりは家庭菜園を楽しんでいるそう。

家の近くには大きな川が流れており、毎朝ふたりで河川敷を散歩しているなど、様々な話をしてくれた。

着いてからふたりの話は止まらず、なかなか私と弦さんは妊娠の報告を切り出せずにいた。

来たのは十時過ぎ。そして今、客間の壁掛け時計が十二時になったことを知らせた。

「あらやだ、もうこんな時間？　あなた、お昼はどうしましょうか」

「近所の蕎麦屋はどうだ？　あそこの蕎麦を未来さんにも食べさせてあげたいし」

「そうね」

出かけようとするお義父さんとお義母さんを、弦さんは慌てて引きとめた。

「待ってくれ、今日はただ未来と遊びに来たわけではないんだ。ふたりに話したいことがあって」

「話したいこと？」

そう言うと顔を見合わせたふたり。

「あぁ。未来が妊娠したんだ。そろそろ四ヵ月に入る」

弦さんがそう言うと、お義父さんとお義母さんは大きく目を見開いた。

「妊娠って……本当なの？　未来ちゃん」

「はい」

すぐに返事をすると、ふたりは再び顔を見合わせて満面の笑みを見せた。

「おめでとう、弦！　未来ちゃん！　やだ、夢みたい。孫が生まれるなんて」

「これから大変だぞ、母さん！　孫のためにいろいろ揃えてやらんと」

「そうね、さっそく明日にでも百貨店へ行ってベビーグッズを買ってきましょう」

私たちそっちのけで盛り上がるふたりに、私と弦さんは拍子抜け。だけどうれしいな、こんなに喜んでくれるなんて。私の両親もこうだといいんだけど。

「それにしても弦、どうしてこんなめでたい話をすぐにしてくれなかったんだ？」

「そうよ、話してくれていたら蕎麦屋じゃなくて、もっと素敵なお店を予約してお祝いできたのに。今からでも予約間に合うかしら」

抗議し始めたふたりに、弦さんはすぐさま言った。

「俺のせいにするな。話そうにも父さんと母さんが一方的に話しかけてくるから、切り出すタイミングがなかったんだ」

「それは仕方がないだろう。初めて未来さんが我が家に来てくれたんだ。話したいことは山ほどある」

「弦がなかなか未来ちゃんを連れてきてくれなかったせいよ」

「そうだ、お前が悪い」

「どうしてそうなるんだよ」

目の前で繰り広げられる親子喧嘩に唖然となる。

この前も思ったけど、本当に弦さんたち親子の仲はいい。うらやましくなるほどに。だけど、一方的に弦さんが悪いと責め立てられている状況が、しだいにおかしくなり、我慢できず私は笑ってしまった。

「フフッ」と声をあげ、口もとを押さえながら笑っていると言い争いをしていた三人はいっせいに私を見た。

「あっ……すみません、笑ったりして」

失礼だよね、笑うとか。なにやっているのよ、私。

咄嗟に謝ると、弦さんたちはうれしそうに頬を緩めた。

「いや、俺たちこそすまない。見苦しいところを見せて」

「本当よ。ごめんなさい、未来ちゃん。もうお父さんと弦ってば、昔から兄弟みたいにくだらないことで喧嘩してばっかりで」

お義母さんがそう言うと、すかさずお義父さんが反論した。

「なにを言う。母さんだってよく弦とつまらないことでやり合っているじゃないか」

「ちょっとお父さん？　未来ちゃんの前で恥ずかしいことを言わないでちょうだい」

「先に言いだしたのは母さんだろう」

今度は夫婦喧嘩が勃発し、ハラハラしてしまう。すると弦さんはそっと私に耳打ちした。

「大丈夫、いつものことだから。五分も経てば仲直りするよ」

「そうなんですか？」

なんだか言い合いはエスカレートしているようだけど、本当に大丈夫なのかな。

「こうなったら俺には止められないから、行こう」

「え？　でも」

「いいから」

ふたりは私たちのことなど視界に入っていない様子。そっと客間を出てもまだ言い合いを続けている。

「未来、こっち」

「はい」

彼に呼ばれ、気になりながらも弦さんの後を追う。

「少し庭でも散策していよう」

玄関から庭先に回ると、季節の花が咲き乱れる花壇の奥に、広い家庭菜園が広がっていた。

「すごい、たくさんの野菜をつくられているんですね」

「そうみたいだね。ふたりで暮らすのに十分な広さの家で、花や野菜を育てて暮らすのが結婚当初からの夢だったんだって。昔から何度聞かされてきたことか。……でもその夢を叶えて仲よく暮らしているようで、なによりだよ」

そう話す弦さんはとても優しい顔をしていて、ご両親のことを大切に思う気持ちがひしひしと伝わってくる。

弦さんに手を引かれ、私たちは縁側に並んで座った。太陽の日差しと心地よい風が吹いている。

「セキュリティ面を考えて新居は今のマンションにしたが、子供が生まれたらこれくらい広い庭がある一軒家に暮らすのもいいな。思いっきり遊ばせてやりたい」

庭を見つめる彼の目はキラキラと輝いている。私もまた庭に目を向け、弦さんの言う未来を思い浮かべた。

「未来が安定期に入ったら、家を見に行ってみようか。父さんたちも呼んでバーベキューができるほど広い庭がいいな」

本格的に家を買う気でいる弦さんにギョッとなる。

「え？　本当に買うんですか？」

「あぁ。ここに来たら欲しくなった」

でも家って気軽に買えるほど安い物じゃないよね？　大丈夫なのかな？

そんな心配をしていると、私の考えていることが伝わったのか、弦さんは苦笑い。

「言っておくが家を買うくらいの余裕はあるからな？　大丈夫、未来と生まれてくる子供には一生不自由な思いはさせない」

「……はい。すみません、変な心配をして」

謝ると弦さんはクスクスと笑う。

「いや、心配してくれてうれしいよ。……未来は金銭感覚がしっかりしているな。これまで出会ってきた社長令嬢たちとは違う」

それはきっと、両親に遠慮して生きてきたからだと思う。欲しいものがあっても、買ってほしいと言えなかった。本当に必要なものしか買い与えられてこなかったし、お小遣いも友達より少なかったもの。

そのおかげで弦さんの言う金銭感覚はある。……だけどちょっとおもしろくない。弦さんは比べられるほど多くの女性と出会ってきたってことだもの。

「未来？　どうした、気分が悪いのか？」

なにも言わずにいると、勘違いをした弦さんが心配そうに私の顔色をうかがう。

「いいえ、違います。……その、弦さんは私と結婚するまで多くの人と出会ってきたんだなって思ったら、おもしろくなくて」

キュッと唇を噛みしめると、弦さんはキョトンとなる。だけどすぐに表情を崩し、私の肩に腕を回した。

「なんだ？　そのかわいいヤキモチは」

彼のほうへ引き寄せられてささやかれた言葉に、かあっと顔が熱くなる。

「うれしいよ、未来が本音を聞かせてくれて。俺にだけはどんなことでも話してほしい、もっと甘えてほしい。今みたいなヤキモチも大歓迎だ」

クスクスと笑って言われ、ますます居たたまれなくなる。

「いいんですか？　こんな私で。……ワガママじゃないですか？　最近、弦さんには甘えてばかりですし」

料理を作ってくれるし、休日の家事は一緒にやってくれる。買い物にだって付き合ってくれる。

これ以上彼に甘えてしまってもいいのだろうか。

不安になっていると、弦さんは私を抱き寄せる腕の力を強めた。

「これでワガママを言っているつもりなのか？　むしろ俺は未来にはもっとワガママになってほしいよ。たとえばそうだな、家を一軒買ってくれって言うくらい」

おどけて言う彼に、思わず笑ってしまった。

「それは言えませんよ」

「いいんだよ、言っても。未来の願いなら、どんなことでも叶えてやりたい」

弦さんはどこまで私を甘やかすのだろうか。愛されて幸せだと思う半面、怖くもなる。この幸せがいつか壊れてしまわないかと。

ギュッと彼にしがみつくと、弦さんは「本当にかわいいな」と言って優しく髪をなでてくれた。

すると自然と恐怖心も薄れていくから不思議だ。

弦さんも私と同じように、幸せだと感じてくれているだろうか。

私も彼のことを愛して幸せにしたい。こんな私でもそれができると信じてもいい？

顔を上げて弦さんを見つめると、気づいた彼はやわらかい笑みを漏らした。

「未来……」

愛しそうに私の名前をつぶやくと、縮まる距離。キスだ。

私もそっとまぶたを閉じて、その瞬間を待つ。

「ゴホン、そろそろお昼を食べに行かないかね？」

わざとらしい咳払いとともに聞こえたお義父さんの声。すぐに目を開けて声のしたほうを見ると、気まずそうにお義父さんとお義母さんが立っていた。

「す、すみません！」

慌てて弦さんから離れると、彼は深いため息を漏らした。

「変なタイミングで来るなよ。恥ずかしいだろ。まだ喧嘩していたらいいのに」

ブツブツと文句を言いながら立ち上がると、そっと私に手を差し伸べた。その手を取ると、弦さんは私の体を引き上げた。

「いや～、未来さんがいるのに喧嘩をしているのがバカらしくなってね。そうしたらふたりの仲睦まじいやり取りが聞こえてきて、つい耳を澄ませてしまった」

「盗み聞きしていたのか⁉」

これにはさすがの弦さんも大きな声をあげた。私もびっくりして言葉が出ない。

つまり弦さんとのさっきのやり取りを全部聞かれていたってことでしょ？　それはものすごく恥ずかしい……！

「息子のラブシーンには耐えられなくて、割って入っちゃってごめんなさいね」

「あたり前だ」

すぐさまツッコミを入れた弦さんに、お義父さんとお義母さんは声をあげて笑った。

恥ずかしくて居たたまれないけど、でも嫌じゃない。うまく表現できない心地よさに包まれる。

「ほら、昼飯食いに行くんだろ？　だったらさっさと行こう。言っておくが、あまり遠くは無理だからな。未来の体が心配だ」

「もちろんよ。近くの洋食屋を予約したの。個室でゆっくりできて、料理もおいしいのよ」

「未来さんも気に入ってくれると思うぞ」

――お義父さんとお義母さんおすすめの洋食屋さんは、本当においしくてなによりゆっくりと会話を楽しめる素敵なお店だった。

オーナーとお義父さんは仲がいいようで、私が妊娠したことを祝いたいと伝えると、急遽ケーキまで用意してくれたのだ。

「未来ちゃん、初めての妊娠出産で不安なことや、大変なことが多くあると思うわ。その時は弦だけじゃなく、遠慮なく私たちのことも頼ってね」

「未来さんは私たちの娘だ。親には気を使うことなく甘えてほしい」

ふたりに温かな言葉をかけてもらい、泣いてしまったのは言うまでもない。

「今日は疲れただろ？　大丈夫か？」

「はい、とっても楽しかったです」

帰宅後。順番に入浴を済ませ、ベッドの中でお互いのぬくもりを感じながら一日を振り返る。それが私たちの最近の日課となっていた。

平日はそれぞれなにをして過ごしたかを話し、休日は一緒に過ごした時間の中で楽しかったことを語り合う。この時間がたまらなく幸せなひと時となっている。

「ただ、お義父さんとお義母さんには、お見苦しい姿を見せてばかりでしたが……」

弦さんとの甘いやり取りだけじゃなくて、食事をした席では泣いちゃったもの。

「父さんと母さんはなんとも思っていないよ。むしろ俺たちの仲がいいことを喜んでいるだろうし、未来が泣いてしまったのもかわいいと思っているよ」

そうなのかな？　そうだとうれしいな。

「明日は未来の実家だ。……明日の夜もこうして楽しかったなって話せるといいな」

「……はい」

返事をしたけれど、それは叶わない願いのような気がする。だって私、両親と過ごしたたくさんの時間の中で、一度も楽しいと思ったことなんてないもの。

「今日は早く寝よう。おやすみ、未来」

「おやすみなさい」

そっと額にキスをされ、大好きな人に抱きしめられたまま眠りにつく。

明日、どんな一日になったとしても、このぬくもりに包まれて眠れるのならかまわない。

とにかく両親に妊娠の報告をすることだけを考えよう。そしてできることなら、少しでも私との関係が変わることを願う。

まぶたを閉じるとすぐに睡魔に襲われ、私は意識を手離した。


次の日、午前十時に家を出て弦さんの運転する車で向かった先は、私が長年暮らしていた家。

実家に帰ってきたんだもの、ホッとするとか懐かしむのが普通なのに、私の場合は家に入る前から息苦しさを覚える。

「大丈夫か？　未来」

車を施錠すると、弦さんは寄り添うように私の隣に立った。

「今ならまだ引き返せる。無理することはないんだぞ？」

どこまでも優しい弦さんのおかげで、体の緊張も解ける。

「大丈夫です。すみません、心配かけて。行きましょう」

小さく深呼吸をして、手入れの行き届いた庭先を眺めながら、彼とともに玄関へ向かう。

インターホンを押すと、少しして家政婦さんが応対した。

「ようこそ西連地様、そして未来お嬢様。旦那様と奥様がお待ちです。ご案内いたします」

予想していたことだけど、出迎えてくれたのは両親じゃなくて家政婦さん。弦さんのご両親は、ふたり揃って私たちを出迎えてくれたというのに……。

違いに悲しくなりながら家政婦さんの後を追うと、二階に続く階段から敬一が笑顔で駆け下りてきた。

「おかえり、姉さん！」

私たちの前で足を止めると、敬一は冷めた表情で弦さんを見る。

「お義兄さんも、ようこそいらっしゃいました」

言葉とは裏腹に、敬一は弦さんを歓迎しているようには見えない。いまだに敬一は弦さんを噂通りの人だと信じているようだ。

「今日は未来と俺から報告したいことがあるから、敬一君もいてくれてよかった」

「報告したいことですか？　なんです？」

「それはのちほど」

にっこり微笑んでもったいぶる弦さんに、敬一は唇をキュッと噛んだ。

できれば妊娠を報告する前に、敬一の誤解を解きたいところ。どう言えば、敬一は納得してくれるのかな。

近くにいる家政婦さんも、戸惑った様子で私たちをうかがっている。この状況をどう打破するべきか頭を悩ませていると、廊下の先にあるリビングのドアが開いた。

部屋から出てきたのは節子さん。弦さんを見て、にこやかに「いらっしゃい、弦さん」と言った後、私に鋭い目を向けた。

「なにをしているの？　未来。来たなら早く弦さんを部屋にお通ししなさい」

「すみませ――」

久しぶりに節子さんに叱られ、肩がすくむ。咄嗟に謝ると、かばうように弦さんが私の前に立った。

「ご無沙汰しております、お義母さん。すみません、敬一君と話し込んでしまいまして。ですので、未来はなにも悪くありません。なぁ、敬一君」

「そうだよ母さん。お義兄さんの言う通り、俺が姉さんたちを引きとめていたんだ。それより、久しぶりに姉さんが帰ってきたんだ。『おかえり』って言うのが先じゃなさんは昔からそう。


弦さんに続いて敬一が責めるように言うと、節子さんは悔しそうに唇を噛みしめた。

「そうね、悪かったわ、未来。おかえりなさい」

感情のこもっていない声で淡々と言うところは、なにひとつ変わっていない。節子さんは昔からそう。

なにかと敬一がかばってくれていたけれど、そのたびにおもしろくなさそうにする。

謝ってくれたけど、絶対に悪いと思っていないよね。

「悪かった、姉さん。俺のせいで」

コソッと耳打ちしてきた敬一に首を横に振る。

「俺もすまない、守ると言ったのに」

もう、弦さんまで。

「大丈夫です。敬一も気にしないで。……行きましょう、弦さん。父が待っています」

家政婦さんにお茶をお願いし、弦さんをリビングに案内する。先に部屋に入った節子さんに続いてリビングに足を踏み入れると、ソファに座っていた父が立ち上がった。

「これはこれは弦君、久しぶりだね。忙しい中来てくれてありがとう」

私には一度も向けてもらったことがない笑顔で歩み寄ってくると、父は私のほうに見向きもせずに弦さんの肩に触れた。

「どうぞこちらへ」

「え？　あの……」

グイグイと肩を押されて弦さんは困惑気味。心配そうに振り返って私を見る彼に、

「私なら大丈夫です」と言うように首を横に振った。

節子さんだけじゃなくてお父さんもか。久しぶりに会っても、やっぱり私には興味がないんだ。

弦さんをもてなす父と節子さんを見て、なんとも言えぬ気持ちになっていると、隣で見ていた敬一は怒りを含んだ声で言った。

「信じられない、姉さんと会うのは久しぶりなのに、挨拶もしないなんて。俺、父さんに言ってくる」

「待って敬一。私なら大丈夫！　気にしていないから」

慌てて引きとめると、敬一は複雑そうに私を見る。

「姉さんは昔からいつもそう。我慢してばかりだ。……言えば俺が父さんに叱られるからだろ？　そんなの気にしなくていいのに。どうして父さんと母さんは、姉さんにだけあんなに冷たいんだよ。家族なのに」

「敬一……」

悔しそうに唇を噛みしめる姿に、胸がギュッと締めつけられる。

自分だけ愛されないと嘆き、つらい思いをしてきたけれど、私と同じように敬一も苦しんできたのかもしれない。

真実を知らないからこそ、自分だけ愛されることに罪悪感を抱いていた？　だったら私以上につらい思いをしてきたよね？

少し考えればわかることなのに、どうして今まで気づかなかったのだろう。敬一の優しさに甘えすぎていた。

「ごめんね、敬一。弱いお姉ちゃんで」

「えっ？」

私がもっと強くいられたら、敬一を苦しめることはなかったはず。

「でも、これからは変わるから。敬一を心配させないようにする。見てて、私……がんばるから」

笑顔で言うと、敬一は目を大きく見開いた。

妊娠の報告は私からしたい。自分の口からちゃんと伝えるんだ。

「私たちも行こう、敬一」

「あっ、うん」

戸惑う敬一とともに弦さんのほうへ歩み寄る。そして敬一は父と節子さんの隣に腰を下ろし、私は両親と向かい合う形で弦さんの隣に座った。

家政婦さんが珈琲とクッキーを持ってくると、テーブルに並べて去っていく。すると父は弦さんに話しかけた。

「海外支社のほうでも、ずいぶんと活躍されていると聞いたよ。そんな弦君が息子かと思うと、私も鼻が高い」

「いえ、まだ半人前で勉強の日々です」

「謙遜することないだろう。もっと自慢してもいいくらいだぞ?」

そう言って豪快に笑う父は、相当機嫌がいい。だってこんな姿、滅多に見ないもの。

「本当に弦さんのような方と結婚できて未来は幸せね。……未来、弦さんはとても大変なお仕事をされているのだから、妻として精いっぱい支えなさい」

「そうだぞ、未来」

厳しい口調で言う父と節子さんに、「はい」と返事をするよりも先に弦さんが口を開いた。

「いいえ、幸せなのは僕のほうです。未来のような素敵な女性と結婚できたのですから。それに彼女の存在そのものが僕の支えとなっています」

弦さん……。

また彼に守られてしまった。これでは私、いつまで経っても強くなれないよね。

「あら、そうなの」

「そうか」

にこやかに言う弦さんに、父と節子さんは言葉を詰まらせた。弦さんはやわらかい笑みを私に向けた後、両親と向かい合った。

「お義父さん、お義母さん、本日お時間をつくっていただいたのは、僕たちからご報告したいことがあるからなんです」

そう切り出した弦さん。きっと私が妊娠していることも彼から伝えるつもりなのだろう。でもそこまで甘えるわけにはいかないよ。

「弦さん、私から伝えさせてください」

彼の腕を掴んで言うと、弦さんは戸惑った様子を見せる。

「えっ、でも……」

「自分の口から言いたいんです」

真っ直ぐに見つめて訴えると、弦さんは大きくうなずいた。

「わかった」

彼の返事を聞き、両親を交互に見た。

心を落ち着かせるように小さく深呼吸をして、何事だろうと困惑しているふたりに言った。

「私、妊娠しました。来年には子供が生まれます」

これにはさすがの両親も驚き、目を見開いた。

どう思っただろう。喜んでくれる？　お義父さんとお義母さんのように、笑顔で「おめでとう」と言ってくれるだろうか。

期待と不安を抱きながらふたりの反応を待っていると、敬一が歓声とともに立ち上がった。

「うわー、マジか！　おめでとう姉さん‼　楽しみだな、姉さんの子供なら絶対かわいいだろうし。父さんと母さんも楽しみだろ？」

喜びいっぱいの敬一とは違い、父と節子さんは冷ややか。

「座りなさい、敬一。弦さんの前でみっともないでしょ」

「弦君と結婚した以上、後継ぎを産んで当然のことだ。そんなに騒ぐことではないだろう」

敬一との温度差に心が凍りつく。

妊娠を報告した時の両親の反応は、なんとなく予想できた。でもそれと同時に期待もしていたんだ。もしかしたら喜んでくれるかもしれないと。

そう簡単に両親との関係が変わるわけがないよね。ふたりにとって私は、わずらわしい存在でしかないのだろうから。

なにもかも無駄だった。弦さんにも貴重な休日の時間を割いてもらったのに。

すごく自分が惨めに思えて、弦さんの顔を見ることができない。

私から伝えさせてくださいと言った手前、きっと弦さんも困っているよね。

「いいか、未来。なんとしてもサイレンジの跡取りとなる男児を産むんだ」

圧力をかけられ、肩がすくむ。

「おい、父さんそれはないだろ！」

「お言葉ですが、お義父さん……っ」

声を荒らげた敬一に続き、弦さんが言いかけた時、彼のスマホが鳴った。だけど弦さんは電話に出ようとしない。

「弦君、仕事の電話じゃないのか？　私たちのことなら気にすることはない、出たほうがいい」

「しかし……」

言葉を濁した弦さんを見ると目が合う。すると彼は心配そうに眉尻を下げた。

その間も電話は鳴り続けている。父の言う通り仕事の電話だろう。

これ以上彼に迷惑をかけたくない。その思いで私は精いっぱい笑顔を取り繕った。

「弦さん、電話に出てください」

ここで私が「行かないで」なんて言ったら、火に油を注ぐようなもの。両親は「なにを言ってる」と、激怒するに違いない。

私の思いは彼に伝わったのか、「すぐに切り上げてくる」と言って立ち上がり、父に頭を下げてリビングから出ていった。

パタンとドアが閉まると同時に、敬一が父と節子さんに向かって牙をむく。

「父さん、母さん。昔から思っていたんだけど、どうしてそんなに姉さんに冷たくあたるんだよ。家族だろ？　それにふたりにとって初孫だ。うれしくないのかよっ」

今にも父に掴みかかりそうな勢いの敬一に対し、ふたりは顔をゆがめた。

「少しは姉さんの気持ちも考えてやれよ！　どれだけ姉さんが今までつらい思いをしてきたかっ……！」

「それは私のほうよっ！」

敬一の声を遮り、節子さんが大きな声をあげた。敬一は驚き、言葉を失う。

すると節子さんは、憎しみの目を向けた。

「未来のせいで、私がどんなにつらく悲しい思いをしてきたか。敬一、あなたにはわからないでしょう！」

取り乱す節子さんに、私は呆然となる。しかし敬一は違った。

「わからないよ。姉さんが母さんに、なにかひどいことをした？　姉さんの母親じゃないからって、冷たくあたり続けてきたのは母さんだろ？　それなのに自分のほうがつらいって言うの？　そんなの、わかるわけないだろ！」

嘘でしょ、敬一も知っていたの？

信じられなくて見つめると、私の視線に気づいた敬一は困ったように眉尻を下げた。

「父さんと母さんの態度を見れば、気づいて当然だろ？　誰も真実を話してくれなかったから、知らないフリをしていただけ。……ごめん、姉さん。もっと早くにこうやって守ることができなくて」

「そんな――」

そんなことない。そうか、敬一も気づいていたんだね。それなのに知らないフリをして、私のことを慕い、時には心配してくれていたんだ。

敬一の優しさに触れて、胸がいっぱいになる。

すると節子さんは「ハハッ」乾いた笑い声を漏らした。

「そうだったのね。だったら話してあげる。私が今までどんな思いでいたかを」

「やめないか」

父がなだめても節子さんの口は止まらない。

「敬一、私は後妻なの。未来の母親が亡くなったから結婚できたようなものなのよ。好きな人が家のために結婚し、子供までできてとてもつらかったわ」

悔しそうに唇を噛みしめると、節子さんの目から涙がこぼれ落ちた。

「それにあの女、私に言ったのよ。『主人のことを大切に想うなら、身を引いてください。あなたの存在が主人の立場を危うくさせることになるんですよ』って。愛されず、家のために結婚したくせにっ……」

初めて見る節子さんの取り乱した姿に、私も敬一も言葉が出ない。

「結婚してからも、未来の母親の両親から責められたわ。お前のせいであの子が死んだんだと。……その後もそれは続き、未来のことでも、とやかく口を出され、これまでどれだけ苦しんできたことか」

知らなかった。節子さんがそんな思いをしていたなんて。

泣きそうになっていると、節子さんは憎しみの目を私に向けた。

「私はね、あなたを見るたびにあなたの母親を思い出し、はらわたが煮えくり返るのよ。年を重ねるごとにそっくりになっていくんだもの」

最初から嫌われていると感じていたけれど、まさかこんなにも憎まれていたなんて……。やっぱり私は愛されていなかった。この先も節子さんから愛されることはないだろう。

淡い期待を抱いていた自分がバカみたいだ。きっと父も同じ気持ちだよね。だからなにも言わないんでしょ？

こらえきれず、涙がぽろぽろとこぼれ落ちていく。だけど拭う力もなく、ただ父と節子さんを見つめることしかできない。

「なんだよ、それ。そんなの母さんの逆恨みじゃないか！　そんなくだらない理由で姉さんを傷つけていたのかよっ！」

「ええ、そうよ。私にはくだらない理由ではないからね。私とはいっさい血のつながっていない子をどうやって愛せというのよ。ましてや憎い女の子供なんかを！」

「ふたりとも、いい加減にしないか！」

仲裁に入った父は、節子さんの背中を優しくさすった。

「お前にはたくさん苦労をかけて申し訳なく思っている。敬一にも、今まで黙っていて悪かったな」

なに、それ。お父さん、私には……？

まるで私がこの場にいないかのように、父はふたりに声をかけ、そして節子さんにティッシュを差し出す。

「泣くのはやめなさい。弦君が見たら何事かと思うだろう」

父にとっても私は、愛する家族の邪魔者だったんだ。本当にいらない子供だったんだね。

突きつけられた現実に涙が止まらない。

「父さんもいい加減にしろよ！」

「やめて、敬一！」

今度は父に向かって声を荒らげた敬一を止めると、三人はいっせいに私を見た。

「姉さん……」

涙を流す私を見て、敬一も泣きそうな顔をしている。

今までずっとこの現実を受け入れて、なにを言われたってどんなに冷たくされたって耐えてきた。

だけど最後くらい自分の気持ちを伝えてもいいよね。もう私、二度とこの家に帰ってきたくない。……父と節子さんに会いたくないもの。

涙を拭い、ふたりと対峙《たいじ》した。

「私はずっと、お父さんと節子さんに愛されたくてたまりませんでした。少しでも興味を引きたくて、勉強や運動をがんばったり、ワガママを言わずに聞き分けのいい子でいたり。そうすればいつか、ふたりに愛してもらえる、家族の一員として接してもらえると願っていたんです。……だけどある程度大きくなれば、その願いは叶うことはないと理解できました」

幼少期はただただ、つらい毎日だった。それでも不自由ない暮らしを送れているこ
とに感謝し、息を潜めてこの家で生きてきた。

「ここまで育てていただいたことに感謝しています。この恩は、弦さんと結婚することで返せたと思っています。結婚したら、やっとこの家を出ることができると喜んでもいました。……だけど弦さんのことを好きになり、愛される幸せを知って、子供を授かり、期待してしまったんです。もしかしたら妊娠をきっかけに、お父さん、節子さんとの関係も変わるかもしれないと」

だから今日、勇気を出してきたんだ。

「愛されることをあきらめたくなかったんです、私。でも、さすがに今日であきらめがつきました。節子さんにここまで嫌われていて、お父さんの視界にも入れてもらえていないのに、愛してもらえるわけがないですよねっ……」

自分で話していて悲しくなり、声が震えてしまう。

「安心してください、もう二度とこの家には来ません。……そんなに私が憎いのなら、親子の縁を切っていただいてもかまいません」

ポロポロと涙があふれて止まらない。それでも縁を切ってもかまわないと言えたのは、弦さんのおかげ。本当の家族とはどういうものなのかを知ることができたからだ。

「その代わり、敬一とは会うことを許してください。私にとって敬一は血のつながったたったひとりの弟です。……敬一だけが私の心のよりどころだったんです」

そんな敬一とはこれからも姉弟として助け合っていきたい。

言いたいことをすべて言えて、気持ちは晴れやかだ。今日を最後に父、節子さんと会うことはなくなるとしても後悔はない。

「未来がおふたりと縁を切る覚悟を持ったなら、僕も言わせていただきます」

いつの間に電話を終えたのか、弦さんが静かに部屋に入ってきた。真っ直ぐにこちらに歩み寄ってくると、ソファに座り優しく私を抱き寄せた。

「よくがんばったな」

耳もとでささやかれた言葉に、胸が熱くなる。彼を見ると、「あとは任せてくれ」

と言うように目を細めた。

緊張の糸が切れてボロボロと涙があふれて止まらなくなり、私はうつむいた。

「未来がこの家でおふたりとどんな暮らしをしてきたのか、申し訳ありませんが結婚前にこちらで調べさせていただきました。しかしこれは家族の問題であり、僕が介入するべきではないと思っておりました。その代わり、おふたりに代わって僕が未来に愛情を注ごうと誓ったんです」

顔を上げると、弦さんに言われた両親は複雑な顔をしていた。

父と節子さんは、私と弦さんの話を聞いてどう思ったんだろう。……いや、もうどう思われようと気にしなくていい。

「今日も僕ひとりで妊娠の報告に伺うつもりでした。しかしおふたりに直接言いたい、妊娠をきっかけに今の関係を変えたいという未来の気持ちをくんでこうして一緒に来ました。本来なら、来させたくなかったです。こうして身籠っている未来に余計なストレスを与えることになるかもしれないと思っていたので」

「なに？」

意味ありげに言った弦さんに、ずっと静観していた父が反応した。

「どういうことだね、弦君」

「そのままの意味ですよ。お義父さんとお義母さんが未来を見ようとしない、男の子を産めと重圧をかける。揚げ句の果てにはずっと憎んでいたとまで言う。これがストレスじゃなかったら、なんだっていうんですか。先ほどの未来の話を聞いていましたか？　彼女はひとりの体ではないのです。……どんなに憎んでいた人の娘だからといったって、長年一緒に暮らしてきた家族である未来にかける言葉ですか？」

割り入れる隙を与えず責め立てる弦さんに、父と節子さんの顔がゆがんだ。それでも彼はまくし立てていく。

「安心してください。未来は僕と僕の両親、そして生まれてくる子供とともに西連地家の家族として生涯幸せにします。ですので、もう二度と未来を傷つけるようなことをしないでください。……彼女がおふたりとの縁を切りたいと願うのなら、受け入れていただきたい」

はっきりとふたりに向かって言うと、弦さんは私の手を掴んで立ち上がった。

「お話は以上です。未来の望み通り、敬一君とは今後も姉弟として会うことをお許しください。それと、親子関係は途絶えても、もちろんビジネスに私情は持ち込みませんから。私の父にもきちんと伝えておきますのでご安心ください。ですがそれは、今後はいっさい未来を傷つけないことが大前提です」

弦さん……。

約束通り全力で私を守ってくれる彼の優しさが、うれしくてたまらない。

「帰ろう、未来。……俺たちの家に」

「……はい！」

大きく首を縦に振って返事をすると、弦さんはふわりと笑う。

「見送りは不要です。それでは失礼します」

唖然とする父と節子さんに頭を下げた弦さんに少し遅れて、私も頭を下げると、彼に手を引かれてリビングを後にして廊下を突き進んでいく。

その間もなかなか涙が止まらなくて、必死に拭っていると背後から声がかかった。

「待ってくれ！」

後を追ってきたのは敬一だった。足を止めた私たちのもとへ興奮気味に駆け寄ってくると、敬一は目をキラキラさせて弦さんを見た。

「さっきのお義兄さん、最高にかっこよかったです。姉さんを守ってくれてありがとうございました」

あんなに弦さんに敵意を剥き出しにしていた敬一が深々と頭を下げたものだから、私と弦さんは戸惑いを隠せない。

敬一は頭を下げたまま続けた。

「今後も姉さんのことをよろしくお願いします。絶対に姉さんのことを幸せにしてくださいね」

そう言って顔を上げた敬一は、ニッと白い歯を覗かせた。屈託ない笑顔に弦さんは面食らうが、すぐに表情を崩した。

「敬一君もありがとう。俺が未来と出会うまで、ずっと彼女のことを守り続けてくれて。……今後は俺が全力で守る。世界で一番幸せにすると約束しよう」

弦さんの言葉を聞き、敬一はホッとした様子。すると今度は私を見て目を潤ませた。

「最初はお義兄さんとの結婚には大反対だったけど、今は姉さんの相手がお義兄さんでよかったと心底思うよ。これからは俺じゃなくて、お義兄さんに守ってもらってね」

「敬一……」

「もちろん俺も弟として変わらず姉さんの力になる。たったふたりの姉弟だ。姉さんとはずっと助け合いながら仲よくしていきたい」

「うん……っ」

父と節子さんに愛されることは叶わなかったけれど、敬一という弟がいて、愛する弦さんと家族になることができた。

そして来年には家族が増える。これ以上の幸せを望む必要などない。

「それと俺、もっとお義兄さんと親睦を深めたいです！　さっきの本当にかっこよかったです。男として好きな子を全力で守る姿に痺れました‼」

「そ、それはありがとう」

「今度よかったらふたりで飲みに行きましょう！」

敬一はさっきと同じように目を輝かせ、羨望の眼差しを弦さんに向ける。

どうやら弦さん、敬一に懐かれたようだ。

さっきまでは弦さんを毛嫌いしていたというのに。現金な敬一にあきれつつも、そんな敬一にタジタジになっている弦さんを見て、申し訳ないけれど笑ってしまった。


実家を後にし、私たちは住み慣れた我が家に帰ってきた。

いつもの休日のようにふたりでまずはゆっくりとひと休みをして、それから一緒に夕食を作って食べて、穏やかな時間を過ごした。

そしてベッドに入ると、どちらからともなく身を寄せ合う。

このぬくもりがなければ、私はもう生きていけないんじゃないかとさえ思ってしまう。それほどこの時間がたまらなく幸せだ。

「なぁ、未来。本当によかったのか？　お義父さん、お義母さんと、縁を切ると言って。いや、俺もあんなことを言ってしまったが……。冷静になると、未来にとってこれが正解だったのか不安になってさ」

本当に弦さんってば、どこまで優しい人なのだろうか。こうして彼の優しさに触れるたびに、好きって気持ちが大きくなるよ。

心配そうに私を見つめる彼を安心させるため、笑顔で言った。

「いいんです、後悔はしていません。ずっと言えずにいた気持ちを伝えることができましたし、それに私には弦さんがいますから。私の家族は弦さんと生まれてくるこの子とお義父さん、お義母さんで十分です。それに敬一もいます」

結婚して、やっと私は家族に愛される喜びと幸せを知ることができた。

父と節子さんが私を憎むほど嫌っているなら、縁を切ったほうがお互いのためなんだ。

「弦さん、今日は本当にありがとうございました。……両親に言ってくれた言葉、とてもうれしかったです」

敬一が懐いちゃうのもうなずける。だって今日の弦さん、カッコよかったもの。
あの時の彼の言葉を思い出していると、弦さんは私を抱きしめる腕の力を弱めた。
「今日はよくがんばった。……いや、これまでよく耐えてきた。つらい思いをした分、
俺と一緒に幸せになろう」
私も幸せになりたい。大好きな弦さんとともに。
「はい」
返事をしてギュッと彼にしがみつく。
大好きな人の腕の中は安心できて、幸せな場所。でもどうしても今日、節子さんに
言われた言葉と、向けられた憎しみの眼差しが忘れられず、少しだけ胸が痛かった。

あなたが運んできてくれた幸せ

季節は冬から春へと移ろいゆく頃。青空が広がる快晴の日。私は久しぶりに美香とランチをともにしていた。

やって来たのはパスタがおいしいと評判のカフェ。ゆったりとしたソファ席に座っていると、美香はすっかり大きくなった私のお腹をまじまじと眺めながら言った。

「うわぁ、ずいぶんとお腹大きくなったね」

「もう臨月だからね」

お腹の中の赤ちゃんは順調に成長している。性別は女の子だと知らされた。一緒に聞いた弦さんはとても喜んでいた。

私としては父じゃないけど、サイレンジの跡取りとなる男の子じゃなくて申し訳なかった。

でも弦さんは「元気に生まれてきてくれるなら、男の子でも女の子でもいい。それに、会社を継ぐのに性別は関係ないと思っている。俺はたまたま男だったけれど、娘が継いでくれるなら、女社長もまたいい」と言ってくれたんだ。

「ねぇ、どんな感じなの？　お腹の中に赤ちゃんがいるって。胎動も感じて、ほかにも体にいろいろな変化が生じるんでしょ？」

興味津々で聞いてきた美香にクスリと笑みがこぼれる。

「ちゃんと美香の質問に答えるから、まずは注文しない？」

「そうだったね。どれにしようか」

ふたりでメニュー表と睨めっこし、迷いに迷ってそれぞれナポリタンと、明太子のクリームパスタセットを注文した。

先にアイスティーが運ばれてきて、それをひと口飲むとさっそく美香が聞いてきた。

「それでどうなの？　赤ちゃんのことを教えてよ」

「そうだな、赤ちゃんの胎動って思っていた以上に激しくて、びっくりしたの。思いっきり蹴るんだもの」

「元気いっぱいなんだね」

「そうみたい、わんぱくな子なのかも」

笑いながら話を続けた。

「お腹が大きいと腰が痛いし、それに寝返りをうつのも大変でさ。でもその分、お腹の中に赤ちゃんがいるんだって感じることができるの」

「そっか」

私の話を聞いて美香は、にっこり微笑んだ。

「未来、すっかりママの顔をしているね」

「そうかな？」

まだ自分が親になるって実感が湧かないでいる。正直、ひとりの人間を立派に育てられるのか不安もある。

だけど育てるのは私ひとりじゃない。弦さんにお義父さん、お義母さん。それに最近は頻繁に遊びにきてくれる敬一だっている。

頼れる存在がたくさんいるから、赤ちゃんと会える日が楽しみなんだ。

注文したランチセットが運ばれてきて、私たちはさっそくおいしいパスタに舌鼓を打つ。

「それにしても弦さんって、ずいぶんと心配性なんだね。未来をここまで送るためだけに仕事を抜けてきたんでしょ？」

「……うん」

そうなのだ、妊娠してからというもの、お腹が大きくなるにつれて弦さんの私に対する過保護ぶりに拍車がかかっている。

わざわざ美香がマンションから近いこの店にしようって言ってくれたのに、ひとりで行かせてなにかあったらと思うと心配で仕事も手につかないらしく、会社を抜けて帰宅し、ここまで私を送り届けてくれたのだ。

「愛されているねぇ、未来と赤ちゃん。病院のマタニティ教室には全部付き添ってくれたんでしょ？　家のこともほとんどやってくれるって言うじゃない。きっと弦さん、子煩悩ないいパパになるんじゃないかな」

「うん、私もそう思う」

妊娠に関する本を買い込んできて、どういった変化が生じるのか、注意すべきことはなにかを調べてくれて、常に私に寄り添ってくれている。

育児書もすでに数冊買っていて、毎夜読んで勉強しているもの。

「それに弦さんのご両親も今から生まれてくることを、心待ちにしているんでしょ？　言ってたもんね、ひと部屋まるまる赤ちゃんへのプレゼントで埋まっているって」

真実だから、これには苦笑いしてしまう。

お義父さんとお義母さんは、毎週のようになにかしらプレゼントを持ってくる。洋服はもちろん、ベビーグッズにおもちゃと至るものを。おかげで買い揃える手間が省けたほどに。

週に一度会っていると、自然と緊張することもなくなり、今では会って話をするのが楽しみでもある。

弦さんの幼少期の話を聞いたり、お義母さんの子育て体験を聞かせてもらったりしている。

はっきりと言われたわけではないから定かではないけれど、弦さんがふたりに私の両親との一連のやり取りを話したのかもしれない。

プレゼントは口実で、本当は私を気遣って家を訪ねてきてくれている気がするんだ。ううん、弦さんやお義父さん、お義母さんだけじゃない。すべて話した美香も敬一も私に両親の話はいっさい出さないもの。

もう平気なのにな。だって私にはこんなにも多くの大切な存在がいるのだから。

みんなの優しさに触れると、両親のことは忘れよう、強くなって一日一日を大切に、そして幸せに生きていこうと思えるんだ。

それから美香とたわいない話をしながら、楽しい時間はあっという間に過ぎていった。

「美香、今日はわざわざ有休を取ってまでこうして会ってくれてありがとう」

「いいの、赤ちゃんが生まれる前にゆっくりと会うことができて、本当によかった。

あ、もちろん赤ちゃんが生まれてからも会おうね！　絶対にふたりの子供ならかわいいもの。私、メロメロになっちゃって毎日のように会いに行っちゃうかも」

「私にじゃなくて赤ちゃんに？　それはちょっと寂しいんだけど」

「やだな、冗談に決まっているでしょ？」

店を出て最寄り駅へ向かいながら、そんなやり取りをして笑い合う。

最近の美香は任される仕事も増えてきたようで、残業することもしばしば。休日も仕事に関する勉強をしているとか。

そんな中、私との時間をつくってくれて本当にうれしかった。今度美香に会えるのは、赤ちゃんが生まれてからかな。

そう思ってちょっぴり寂しくなっていると、最寄り駅に着いた。お互い足を止める。

「体には気をつけて、元気な赤ちゃんを産んでね。会えるのを楽しみにしているから」

「ありがとう。美香も仕事が大変そうだけど無理せずにね」

「ありがとう、がんばるよ」

しばらく会えないかと思うと、名残惜しくなり、足が動かない。

「未来はここまで弦さんが迎えにきてくれるんだよね？」

「うん、店を出る前にメッセージを送ったら、駅で待っててってきたから」

「そっか、じゃあ弦さんが来るまで私も待っていようかな。未来になにかあったら大変だし！」

「本当？　うれしい！」

少しの時間でも長く美香と一緒にいられてうれしい。美香も私と同じ気持ちなのかな？　しばらく会えなくなるから、寂しいと思ってくれている？

なんとなく照れくさくて聞けない。近くの空いているベンチに並んで腰かけ、たわいない話をしながら弦さんが来るのを待つ。

「遅いね、弦さん」

「そうだね」

メッセージではすぐに行くってきたんだけどな。もしかしてなにかあったのかな？

スマホを確認するも、彼から連絡は入っていない。道が渋滞しているとか？　それとも仕事で急なトラブルでも起こったのだろうか。

美香とふたりで周囲をキョロキョロしていると、急に背後から声をかけられた。

「お待たせしてしまい、申し訳ございませんでした」

聞き覚えのある声に振り返ると、そこにいたのは竹山さんだった。

「竹山さんがどうしてここに？」

思わず立ち上がって聞くと、彼は困ったように眉尻を下げた。

「専務は只今、車内でトラブルの対処に追われております。私ひとりで奥様をお迎えにあがると申し出たのですが、心配だから一緒に行くと言って、ノートパソコンなどを持ち込み、車内で仕事をされています」

竹山さんの話を聞き、ギョッとなる。

「すみません、ご迷惑をおかけしてしまい」

そもそも私のせいだ。美香に会うならなにも外でなくとも、彼女に家まで来てもらえばよかった。

そうすれば弦さんに心配をかけることも、こうして竹山さんに余計な仕事をさせることもなかったのに。

「本当にすみません」

謝罪の言葉を繰り返すと、竹山さんは慌てて言った。

「とんでもございません。迷惑と思ったことなど一度もありませんよ。むしろ奥様には感謝しています」

どういうこと？　感謝しているって。

わからなくて小首を傾げると、竹山さんはその理由を話してくれた。

「奥様がご懐妊されてからというもの、専務は以前にも増して仕事に精を出されております。なおかつ専務が連日定時でお帰りになられている姿を見て、社員たちの仕事に取り組む姿勢にも変化が見られ、どの部署も早く帰れるよう、仕事の効率化を図っているんです」

そうなんだ。私でも少しは彼の役に立てていると、自惚れてもいいのかな？

「それに専務がお帰りになると、自動的に終業となり私も退社できるので、大変助かっております」

付け足して言うと竹山さんは笑みをこぼす。やわらかい表情を見せられると、立ち上がった美香が小声で興奮気味に聞いてきた。

「ちょ、ちょっと未来。どなた？」

「ごめん、美香。紹介するね、弦さんの秘書を務めている竹山豊さん」

美香に竹山さんを紹介した後、今度は竹山さんに美香を紹介する。

「竹山さん、彼女は友人の林美香です」

「はっ、初めまして！　林美香です！」

私が紹介するや否や、珍しく声を上ずらせた美香に竹山さんはキョトンとなる。

「あっ……えっと、すみません。あまりに竹山さんがカッコよくて素敵だったので、緊張しちゃって……って、私ってばいったいなにを言っているんだろう」

え？　嘘、美香、そういうことなの？

珍しく動揺しているのは、竹山さんにひと目惚れしたから？

頭をかかえ込む美香は、テンパっていてなんだかかわいい。そう感じたのは私だけではないようで、竹山さんはクスリと笑った。

「ありがとうございます。こんな愛らしい女性に『素敵』と言っていただけて、光栄です」

「あ、愛らしいですか⁉」

自分自身を指差した美香に、竹山さんは大きくうなずく。

「ええ、とても愛らしいです」

繰り返し言われると、美香の顔はおもしろいほど真っ赤に染まっていく。

美香の恋バナは学生時代よく聞いていたけれど、ここ一年美香は恋愛から遠ざかっていた。

好きになれる相手と巡り合えなかったのもあるし、就職が決まって社会人になるのに、恋愛している暇がなかったからだとか。

今は仕事が楽しいらしく、しばらく恋愛はしなくてもいいと言っていたけど、竹山さんとの出会いに運命を感じたのかな。

ソワソワしながらふたりの様子をうかがっていると、竹山さんのスマホが鳴った。

「すみません、失礼します」

私たちにクルリと背を向けると、少し離れた場所で電話に出た竹山さん。すかさず美香が私の腕を掴む。

「どうしよう、未来。竹山さんめっちゃタイプなんだけど！　なんていうの？　見た瞬間、ビビッと運命を感じちゃったよ。彼女いるのかな？　それよりも、結婚していたりする⁉」

やっぱり美香は竹山さんにひと目惚れしたようだ。

「結婚はしていなかったと思うな。彼女はどうだろう？」

美香と同じで仕事が恋人って感じがする。それに秘書の仕事は大変そうだし、それこそ恋愛をする暇もないんじゃないかな。

「結婚していないなら私、がんばってもいい⁉　こんなに胸がときめいたのはすごく久しぶりだもの。未来が止めてもアタックするわ！」

「止めるわけないじゃない。私も全力で応援する！」

親友の久しぶりの恋。成就するならなんだって協力するよ。

「本当？　ありがとう」

どちらからともなく手を取り合い、私が「がんばって」とエールを送ると、電話を終えた竹山さんが戻ってきた。

「すみませんでした。では未来さん、そろそろ車へ向かいましょうか。専務から早く来いという催促の電話がきてしまいそうなので」

「あ、えっと……はい」

チラッと美香を見ると、なにか言いたげ。

どうしよう、ふたりっきりにさせてあげたほうがいい？　美香は連絡先を知りたいと思っているのかもしれないし。

どうするべきか迷っていると、竹山さんは名刺を手に取り、ポケットの中に入っていたペンをすべらせていく。その様子を美香と眺める。

どうしたんだろう、竹山さん。なにを書いているのかな？

書き終わるとペンを戻し、名刺を美香に差し出した。

「よろしかったらいつでもご連絡をください」

「えっ？　……えっ⁉」

連絡先を渡され、美香は困惑している。名刺と竹山さんを交互に見ては、目を瞬かせた。

「これもなにかのご縁でしょう。今後ともよろしくお願いします」

まさか竹山さんから連絡先を渡してくるとはびっくりだ。でもこれって竹山さんも美香のことが気になっているの？

これっきりの関係にしたくないってことでしょ？　竹山さんもさっき、『なにかのご縁』って言っていたくらいだし。

そう思うと美香じゃないけど、私も「きゃー！」と声をあげそうになる。

「ありがとうございます、帰ったらすぐに連絡しますね！」

美香が興奮しながら名刺を受け取り言うと、竹山さんは優しく微笑む。

ふたりがうまくいったら――と願わずにはいられなかった。


「俺が車で仕事をしている間に、そんなことがあったのか」

「はい、そうなんです」

その日の夜。夕食後にソファでゆっくりとくつろいでいる時、竹山さんと美香の話をすると彼はすごく驚いた。

「車の中ではそんなそぶり、いっさいなかったよな？　いや、よく思い出すと竹山、どこか上機嫌だった気もする」

顎に手をあてててブツブツとつぶやく弦さんを見て、私も車内でのことを思い出す。

――美香と駅で別れて竹山さんとともに近くのコインパーキングに向かった。車内でタブレットを操作していた弦さんは私たちに気づくと、すぐに車から降りてきた。短い距離にもかかわらず、車に乗るまで体を支えてくれて、「迎えが遅くなってしまい、すまなかった。楽しかったか？　体は平気？」と私を気遣ってくれた。

車内でも弦さんは美香とどんな時間を過ごしてきたのか、時折相槌を打ちながら私の話を聞いてくれていた。

そして私をマンションの部屋の中まで送り届けると、慌ただしく仕事に戻っていったのだ。

車内で竹山さんは運転に集中していて、口を開くことはなかった。バックミラー越しに見た竹山さんは、普段通りに見えていたんだけど、長年一緒にいる弦さんは、わずかな違いにも気づいたのかもしれない――。

「だけどそうか、竹山が自ら女性に自分の連絡先を渡すとは……。これまで恋愛には無縁の男だったのに意外だ」

「じゃあ竹山さんに恋人はいないんですか？」

一番気になっていることを聞くと、弦さんはすぐに「当然だ」と答えた。

「仕事が恋人のようなやつだ。……でも真面目で優しいやつでもあるから」

そう話す弦さんの表情からは、竹山さんを大切に思っているのが伝わってくる。

大学時代からの付き合いだもの。きっと仕事だけの関係ではないよね。気心が知れていてなんでも話せる、私にとって美香のような存在なのかもしれない。

「ふたりがうまくいくといいな。もし結婚することになれば、家族ぐるみの付き合いができるし」

「そうなったら本当にいいですね」

まだふたりは付き合ってもいないというのに気が早い話だけれど、でもふと思い描いてしまった。

私が出産し、美香と竹山さんが結婚して子供が生まれ、その子供たちも仲よくなって一緒に楽しい時間を過ごす未来を。

「さて、そろそろ風呂に入って寝るか」

「そうですね。お風呂も沸いたようですし。弦さん、お先にどうぞ」

彼は明日も仕事だ。朝も早いと言っていた。そういう時は決まって弦さんに先にお風呂に入ってもらっていたんだけれど……。

「いや、今夜は一緒に入ろう」

「……えっ⁉」

思いがけない提案に一瞬フリーズしてしまう。

困惑する私に弦さんは真面目な顔で言う。

「本で読んだ。お腹が大きいと髪や体を洗うのも大変なんだろう？」

「たしかにそうですけど、でも……」

髪も大変だけど、一番は足を洗うこと。お腹が大きいからかがめなくてひと苦労する。しかしいくら一度だけ入ったことがあるといっても、妊娠してからは初めてだもの。ふたりで入るのは抵抗があるというか、恥ずかしい。

「遠慮することはない。むしろ今まで気づいてやれなくてすまなかった。これからは毎日一緒に入ろう」

「そんなっ……」

「ほら、行くぞ」

手を左右に振ってやんわり拒否するが、結局最後は弦さんに押しきられてしまった。

「ふたりで入っても意外と余裕があるな」

「そう、ですね」

背後から湯船につかって気持ちよさそうに「ふう」と息を吐く弦さんに、心臓は壊れそうなほど速く動いている。

バスタブは大きいから足を伸ばせるけれど無理。だってこの状況でドキドキしないほうがおかしい。すぐうしろには弦さんがいるんだもの。

膝を折り曲げて体を小さくしてしまう。

「未来、それじゃお腹苦しいだろ？　俺に寄りかかっていいから足を伸ばせ」

「え？　あっ」

背中を引かれて彼に体重を預けると、弦さんの腕が私の足に触れて伸ばすよう促す。

「ん、これでいい」

彼はそう言うが、私は全然よくない。直に触れる肌のぬくもりが羞恥心を煽る。

こうして彼のぬくもりに触れていると、嫌でもさっきまでのことを思い出す。

弦さんってば私の髪だけではなく、体の隅々まで洗うんだもの。彼に恥ずかしい場所はもちろん、足の指先まで洗わせてしまった。

そう思うと今さら恥ずかしがることはないのかもしれない。変に開き直り、全体重を彼に預けてゆっくりと湯船につかる。

バスタブの中のお湯が揺れる音を聞きながら彼のぬくもりに触れていると、すごく心地よい。まぶたを閉じると眠気が襲ってくる。

「なぁ、未来」

「はい」

呼ばれて目を開けると、弦さんはゆっくりと私に聞いた。

「あの日からご両親のことには触れずにきたが……出産間近になり、気持ちに変化はあったか？　会いたいと思ったり、もう一度話をしたいと思ったり」

彼に言われ、自分に問いかける。あの両親と会って話をしたいのかと。

その答えはすぐに出て首を横に振った。

「いいえ、そう思いません。出産間近だからこそ会いたいとは思いません」

またあんなことを言われたら？　せっかく忘れかけてきたのに、記憶をたどると鮮明に思い出し、両手をギュッと握りしめた。

それに気づいた弦さんは、背後から優しく私を抱きしめる。

「悪い、嫌なことを思い出させたな。……未来が会いたくないならそれでいい。ただ、出産は特別なことだろ？　長年一緒に暮らしてきたご家族だ。もし未来の気持ちが変わり、ご両親に生まれてくる子供を会わせてやりたいと考えていたら、力になりたいと思ったんだ」

どこまでも優しい彼に温かな気持ちでいっぱいになる。

「ありがとうございます。でも、私にとって家族は敬一と弦さんたちだけです。もう両親のことは親と思っていません」

赤ちゃんを身籠り、出産間近となってその思いは強くなっている。

愛しくて大切な存在。そんなこの子にも、両親が冷たくあたったら？　私と同じような思いをこの子には絶対にさせたくない。

周りの人たちから愛されて幸せを感じながら、スクスクと成長してほしい。

それに私の子供だもの。あの両親がかわいがってくれるとは思えない。だったらもう両親はいないと思うべきなんだ。

生まれてくるこの子にも、祖父母はお義父さんとお義母さんだけで十分。

「……そうか、わかった」

弦さんは私を抱きしめる腕の力を強め、それ以上は両親のことに触れなかった。

きっと母なら私が愛する人との子供を身籠ったら大喜びしてくれて、なにかとサポートしてくれていたんだろうな。

赤ちゃんが生まれたら、溺愛してくれたはず。

たらればの話を思い描いて切なくなる。本当に母が生きていてくれたらと、これまで何度思ったか。

でもきっと今の私を見たら、母は安心してくれるよね。好きな人と幸せな日々を送り、子供まで授かれたのだから。

私の判断も間違いじゃないと言ってくれるはず。

「そろそろ出ようか」

「はい」

この日の夜も彼に抱きしめられて眠りについたものの、両親の顔がチラついてなかなか寝つくことができなかった。

それから数日後の金曜日。いつも通り早い時間に帰宅した弦さんは、どこか元気がなかった。

「えっと、弦さんどうされたんですか？」

それは夕食中も変わらなくて、私がたまらず切り出すと彼は深いため息を漏らした。

「悪い、未来。土日に急な出張が入った。神戸《こうべ》まで行かなくてはいけない」

「神戸ですか」

仕事だもの、仕方がないことだ。だけど彼は不服そう。

「未来が出産するまでは泊まりの出張は入れないと、あれほど言ったのにすまない。それも貴重な休日に」

「そんな、気にしないでください。ひと晩くらいひとりで平気です。それよりも弦さんこそ大丈夫ですか？ いつもこうして早く帰ってきて、休日は一緒に過ごしてもらっていますが、無理していませんか？ 私なら本当に大丈夫ですからね」

多くの時間を一緒に過ごしてくれているけれど、その分彼に負担がかかっているはず。前に心配で聞いた時は、うまく時間を使って仕事をしているって言っていたけど本当にそうなのかな。無理させていない？

不安になって聞いてみる。

「俺のほうこそ大丈夫だ。優秀な秘書が体調面も考慮してスケジュールを組んでくれているから」

弦さんは私を安心させるように言った。

それはそれで、今度は竹山さんに負担をかけていることになる。誰かしらの迷惑になっていると思うと、申し訳ない。

「おい、そんな顔をするな。竹山なら大丈夫だ。あいつは今、かつてないほど浮かれて元気がありあまっているからな」

「えっ？」

弦さんは口もとに手をあてておかしそうに言う。

「未来の友人と毎日連絡を取り合っているようで、仕事中にもかかわらずスマホを気にしているんだ。あの仕事人間の竹山がだ」

美香から聞いていた話とは違っているので、私は目を見開く。

美香は竹山さんからの返信文が短くて素気なく、話題を振るのは自分ばかりで『私には興味がないのかも』と嘆いていた。

「返信がなかなかこないと、不安になっていたぞ。うまくいっているようだな」

だけど違ったようだ。竹山さんも美香とのやり取りを楽しく感じているんだ。

「竹山さんって不器用な人なのでしょうか？」

「そうだな、仕事はできても人との付き合い方は下手だから。それが恋愛ならなおさらだろう」

そっか、そういう人なんだね。今度美香に「大丈夫だよ、心配いらない」って言ってあげよう。

「まぁ、浮かれていたせいで珍しく竹山がミスをし、明日から出張に行くはめになったんだけどな」

ムスッとしながら言うと、弦さんは再びため息をこぼす。

「しかしこれまで何度も竹山に助けられてきた。今回のミスに関して平謝りしてきたしな。だから出張には行くが未来が心配で」

どうやら彼の中で私がネックになっているようだ。

「弦さん、心配しすぎです。出産予定日までまだ二週間以上ありますし、初産《ういざん》は大抵予定日より遅く生まれるって言うじゃないですか」

「それはそうだが……」

なかなか弦さんの表情が晴れない。

「日曜日には帰ってくるんですよね？　だったら一日くらいひとりでも平気です。なにかあったらすぐに連絡しますから。それに竹山さんには迎えに来ていただいたりと、私もいろいろとお世話になっています。だから竹山さんのためにも私のことは気にせず、仕事に集中してください」

笑顔で言うとやっと彼は納得した様子。

「未来にそこまで言われたらわかったと言うしかないな。竹山も俺が未来の心配ばかりしていたら気遣うだろうし。……出張中は仕事に集中するよ」

「はい、そうしてください」

彼の言葉を聞きホッと胸をなで下ろす。

「だが、そのために安心して出張に行かせてくれ」

「え？」

スマホを手に取ると、弦さんはどこかに電話をかけ始めた。

誰に電話しているんだろう。仕事の相手ならいつも別室に移動して電話しているし、仕事相手ではないと思うけれど……。

少しすると電話の相手が出たようで、弦さんが口を開いた。

「悪い、今大丈夫か？……あぁ、実は頼みたいことがあって」

そう切り出すと、弦さんは明日から二日間出張に行くことを相手に伝える。「そうか、それじゃ仕方がないな。いや、大丈夫だ、敬一も忙しいのにすまなかった」

聞こえてきた弟の名前。電話を終えた弦さんは残念そうに話してくれた。

「俺が不在の間、敬一に来てもらおうかと思ったんだが、敬一は今日からインターン先の先輩の出張に同行し、北海道《ほっかいどう》にいるそうだ」

「そうですが。でも本当に弦さん、私なら大丈夫ですから。敬一、心配していませんでした？」

弦さんに負けず劣らずの心配性だもの。

「あぁ、心配していた。今からでもこっちに戻るって言いだしたから切ったよ」

苦笑いする弦さんに、敬一の慌てて言う様子が簡単に想像できる。

「出張から戻ったら敬一、血相を変えてうちに来るかもな」

「絶対来ますね」

弦さんと顔を見合わせて、笑ってしまう。

敬一はすっかり弦さんに懐いた。うちのマンションにも足繁く通うようになり、私そっちのけで仕事について熱く語っている。社会人の先輩としても敬一は弦さんのことを尊敬しているようだ。

そんな敬一を弦さんもかわいがるようになり、敬一と呼び捨てにするようになった。

今ではふたりの仲に軽く嫉妬してしまうほどだ。でもふたりが仲よくしてくれてすごくうれしい。

その後も敬一の話で盛り上がり、楽しいひと時を過ごした。

次の日の早朝。竹山さんが弦さんを迎えにきたので、玄関まで見送りに出た。

「くれぐれも俺がいない間は、気をつけてくれ。それとなにかあったら必ず連絡すること」

念を押す弦さんに、口もとが緩む。本当に弦さんってば心配しすぎ。明日には帰ってくるというのに。

「はい、わかりました」

返事をしても弦さんはまだ心配なようで、「あと……」と言いかけた時、ずっと静観していた竹山さんが声をあげた。

「専務、いい加減にしてください。そろそろ出ないと間に合わなくなります」

「わかってる。だが、心配なんだ。父さんと母さんまでもが、今日から一泊で温泉に行くと言うし。本当に未来になにかあったらどうする？」

そうなのだ。急なことなので、平日にお願いしている家政婦さんは予定が合わなかった。それで昨夜、夕食後に再び私のことが心配になった弦さんは、お義父さんとお義母さんにも連絡を入れた。

しかしふたりは今日から親しい友人夫婦と温泉旅行。これだけみんなの予定が重なると、私になにか起こる予兆ではないかと気をもんでいる。

「専務のお気持ちはわかりますが、昨日もご説明した通り、今回はどうしても専務に足を運んでいただかなければならない事案でして。……私のせいで専務と奥様に多大なご迷惑をおかけしてしまい、誠に申し訳ございません」

深々と頭を下げた竹山さんに、私と弦さんは慌てて言った。

「そんな迷惑だなんて、とんでもないです」

「そうだ、顔を上げてくれ。昨日も言ったが竹山のせいではない。最後にしっかり確認しなかった俺も悪い。……すまない、俺がこんなだと責任を感じるよな」

そう言いながら弦さんは私の両肩を掴んだ。

「それじゃ未来、行ってくる。できるだけ早く帰るから」

「はい、お仕事がんばってきてください」

笑顔で伝えれば弦さんもつられて微笑む。

「ありがとう、行ってくるよ」

竹山さんがすぐ近くにいるというのに、弦さんは触れるだけのキスを落とした。

びっくりして目を見開くと、彼はしてやったり顔。竹山さんは「ごちそうさまです」なんて言うから、恥ずかしさで顔が熱くなる。

最後に弦さんは優しく私の頭をひとなでして玄関のドアを開けた。

「行くぞ、竹山」

「はい」

弦さんに呼ばれて竹山さんも玄関を出ようとした時、振り返り私にそっと言った。

「美香さんによろしくお伝えください」

「あっ、はっ、はい！」

急にやわらかい表情で美香の話をされて戸惑い、声が上ずる。

「では失礼します」

竹山さんはていねいに頭を下げて静かにドアを閉めた。

「美香さんによろしくって……やだ、美香ってば竹山さんに『美香さん』って呼ばれているんだ」

そういうことは教えてもらっていないから、意外で顔がニヤける。

リビングに戻ると住み慣れた空間のはずなのに、明日の夜までひとりっきりだと思うとやけに広く感じる。

「たった一日じゃない」

寂しさを払拭するように大きな声で言った。

休日は家政婦さんを頼んでいない。いつも弦さんとふたりで軽く掃除をするくらいだった。

彼はなにもしないでおとなしく過ごしていてくれって言っていたけれど、おとなしくしていたら、かえって弦さんがいない寂しさを余計に感じそう。

「無理しない程度ならやってもいいよね」

綺麗な部屋で明日の夜帰ってくる弦さんを出迎えたい。そう思い、掃除に取りかかることにした。

掃除を終えると、今度はおいしいご飯を作って食べてもらいたくなる。

冷蔵庫の中を覗くと、あまり食材がない。

そうだった、買い物はいつも週末にふたりで行っていたから、家政婦さんの作り置きのおかずしかないいんだった。

昨日、私の二日分のおかずを用意してもらったから食事には困らないけれど……。

「散歩がてら、近所のスーパーに行ってみようかな」

医者からも適度な運動は必要だと言われているし、スーパーは歩いて十五分ほどの距離にある。

それに今日は雲ひとつない青空が広がっている。こんなにお天気がいいと、外を歩きたくなるよ。

身支度をしてさっそく出かける。

コンシェルジュに買い物に行くことを伝えて外に出ると、心地よい風が吹いた。

「いいお天気。お散歩日和だね」

大きいお腹をなでながらゆっくりと歩を進めた。スーパーへ向かう途中には広い公園があり、そこには小さな子供が元気に走り回っている。

子供たちのはしゃぐ声につられて、公園へと足を運ぶ。

緑がたくさん生い茂っていて気持ちいい。子供向けのアスレチックや広い芝生もあるし、この子が生まれたら毎日のように来ちゃいそう。

散策していると、初めて見る綺麗な花が咲いていた。

「なんの花だろう」

近づいて見ても名前がわからない。スマホで検索をしようと思い、バッグの中に手を入れる。

「あれ？」

スマホが見あたらない。近くのベンチに座ってもう一度よく調べても、スマホは入っていなかった。家に置いてきてしまったようだ。

どうしよう、取りに戻ったほうがいいかな？　でもスーパーはすぐ近くだし、そこ以外行くところはない。だったらなくても平気だよね。

でもなにかあったらと思うと心配だから、早くスーパーで買い物をして帰ろう。

ゆっくりと立ち上がって公園を後にし、スーパーへと向かった。

重くならないよう、必要な食材だけを買って会計を済ませる。

「ありがとうございました」

妊婦だからか、店員さんが買ったものをすべてエコバッグに詰めてくれて助かった。

荷物を手に来た道を戻っていく。そろそろお昼時ということもあって、すれ違う人は少ない。

進むスピードを速めて歩くこと数分、急に激しい痛みに襲われた。

「痛っ」

その痛さは今まで感じたことがないもので、その場にしゃがみ込んでしまう。

なにこの痛みは。……もしかして陣痛？　つらい生理痛のような、なんとも言えぬ痛さに立ち上がることができない。だけど少しすると痛みが和らいだ。

これ、絶対陣痛だよね？　まだ出産予定日じゃないのに。

お産は予定通りに進まないことは、さんざん学んできたし、陣痛がどんなものかも理解している。

だけど実際に始まると、頭の中が真っ白になる。

「とにかく戻ろう」

陣痛が始まってもすぐに病院へは行けない。間隔が十分くらいになったらって先生に言われているもの。

腕時計で今の時間を覚え、立ち上がってマンションへ急ぐ。短い距離が今日は異様に長く感じられる。

でもすでに入院の準備はしてあるし、マンションまで戻ればコンシェルジュもいる。それに何度も出産までの流れをシミュレーションしたじゃない。

そう自分に言い聞かせて、必死に落ち着かせた。

そしてやっとマンションが見えてきた頃、再び陣痛に襲われた。

痛くて表情がゆがむ。そのましゃがみ込み、必死に痛みに耐えていた時。

「どうしたんだ、未来！」

「大丈夫⁉」

遠くから聞こえてきた聞き覚えのある心配する声。

痛みが落ち着いてきて顔を上げると、血相を変えてマンションからこちらに向かって駆け寄ってきたのは、父と節子さんだった。

「もしかして陣痛が始まったの？」

「なんだって⁉　本当か？　未来」

呆然とする私の体を支えて立たせてくれた両親は、とても慌てている。こんなふたりを見るのは初めてだ。

「どうなんだ、未来。陣痛がきたのか？」

びっくりしてなにも言えずにいると、痺れを切らした父にもう一度聞かれた。

「あ……はい」

返事をすると、両親は目を丸くさせた。

「大変じゃないか。すぐに病院へ行こう」

「あなた落ち着いて。初産だと、陣痛がきたと言っても、すぐに受け入れてくれないものなのよ」

「なんだって？　あんなに痛そうにしていたのにか？」

「ええ。とにかく一度マンションへ戻りましょう」

そう言うとふたりは私を気遣いながらマンションへと急ぐ。

信じられない。これがあの父と節子さん？　どうして私の心配をしているの？　そもそもなぜここにいるの？

混乱しながらもマンションに入ると、両親はロビーのソファに私を座らせた。すると節子さんが私の様子をうかがいながら聞く。

「未来、病院へは連絡をした？」

「いいえ、まだです。陣痛もさっき始まったばかりで……」

困惑しながらも答えると、節子さんは「そう」とつぶやき、真剣な顔で考え込む。

「間隔はまだ長いし、一度部屋に戻って入院の準備などをしたほうがいいわね。あなたは病院へまず連絡をして指示を仰いでください。それから弦さんに連絡を」

「あぁ、そうだな。わかった」

冷静に判断して父に指示をすると、節子さんは私に目を向けた。

「未来、部屋へ案内して」

「は、はい」

言われるがまま両親を部屋へ案内し、リビングに入るとまた陣痛に襲われる。

「楽な姿勢でいなさい」

そう言って節子さんは、ソファに横になった私の腰を優しくさすってくれた。

「病院からは、初産だから陣痛の間隔が十分になったら来てほしいそうだ。それと弦君は今日中に戻ると言っていた」

「そうですか。未来、入院の準備はしてあるのかしら」

「はい、してあります」

「それなら大丈夫ね。あなた、タクシーの手配だけお願い」

「わかった」

タクシー会社に電話をかける父に、ずっと私の腰をさすり続けてくれる節子さん。

今、いったいなにが起こっているのだろうか。もしかして夢？　それほど信じられないことだ。

昔から冷たくて愛情を与えられてこなかった。それにこの前、私はふたりに親子の縁を切ってくださいとまで言ったのに。

「んっ……」

だけどそれも襲われる陣痛によって、考える力を奪われていく。

「がんばって。出産までまだ先は長いわよ。しっかりしなさい」

私を叱咤しながら、痛みが少しでも和らぐように背中から腰を行き来する節子さんの手は温かい。

「大丈夫か？　未来」

電話を終えた父も駆け寄ってくると、心配そうに私の顔を覗き込む。しだいに痛みも落ち着いてきた頃、そっとふたりに尋ねた。

「どうしてうちのマンションにいらしたんですか？　なぜ私の心配をするのです？」

とくに節子さんは私をとても憎んでいたはず。それなのにどうして？

答えを知りたくてジッと見つめる。するとふたりは顔を見合わせた後、父が口を開いた。

「未来の気持ちを知り、親子の縁を切ってもかまわないと言われ、私と母さんは何度も話をした。これまでのこと、そしてこれからのことを」

「私はやはり未来、あなたの顔を見ると、どうしてもつらかった日々を思い出してしまう。今後もそれは変わらないと思う。……だけど幼いあなたにしてきたことは、ひどい仕打ちだったと反省している。傷つけてしまい、本当にごめんなさい」

謝罪の言葉を口にして深々と頭を下げた節子さんに続いて、父も頭を下げた。

「私もすまなかった。……謝ったからといって、これから私たちと親子関係を築いてほしいとは言わない。縁を切りたいと言うならそれでもいい。ただ一度だけ親らしいことをさせてくれ」

「あなたにとったら都合のいい話と思われるだろうけど、私たちはなにもせずにいたら後悔すると思ったの。……出産するまでサポートさせてちょうだい」

お父さん、節子さん……。

もう二度と会わなくてもいい。両親はいないものと思うとまで考えていたのに。

会ってこんな話をされたら心が揺れる。

そして願ってしまう。謝ってくれなくてもいい。生まれてくるこの子を愛してほしいと。

「お願いがあります」

「なんだ?」

震える声で言うと、父と節子さんは私の答えを待つ。そんなふたりに素直な想いを伝えた。

「生まれてくるこの子には、私のようなつらい思いをさせたくないんです。みんなに愛されて幸せに育ってほしいんです。だからどうかこの子には、孫として愛情を注いであげてください」

「未来……」

私のことは嫌いなままでも、憎んだままでもかまわないから。

「お願いします」

ゆっくりと起き上がり、頭を下げると感極まり、涙がポロッとこぼれ落ちた。それと同時にまた陣痛に襲われる。

「痛っ」

うずくまると、節子さんは震える声で言った。

「あなたは本当に母親にそっくり。自分のことより他人のこと。誰かの幸せを願える真っ直ぐで素直な子なのね。……あなたに言われなくても、生まれてくる子供は主人と敬一とはつながりがあるんですもの。かわいがるに決まっているでしょうっ……！」

痛みに耐えながら顔を上げると、節子さんは泣いていた。

「だから無事に元気な子を産んでちょうだい」

「節子さん……」

涙を止める術を失う。陣痛よりも胸が苦しくて痛い。

「それ以上泣かないで。もうすぐ母親になるのだから」

「は、い」

だけど節子さんに涙を拭われたら、すぐには収まりそうにない。

その後も定期的に陣痛に襲われ、しだいにその間隔は短くなっていく。そして十分間隔になると、ふたりに付き添ってもらい、待機させていたタクシーで病院へと向かった。

病院に着いたらすぐ分娩室に入って出産だと思っていたら、まだ子宮口が開いておらず、あと数時間はかかるという。

そんなにこの痛みに耐えなければいけないのかと思うと気が遠くなりそうだったが、もしかしたら赤ちゃんが弦さんも一緒に誕生の瞬間に立ち会ってほしいから、お腹の中でがんばっているのかもしれない。そう思うとがんばれる。

陣痛が始まってどれくらいの時間が過ぎただろうか。病室には夕食が運ばれてきた。看護師さんは食べられるだけでいいと言っていたが、とてもじゃないが食べられそうにない。

「未来、つらいのはわかるけどしっかり食べなさい。人によってお産は数日にも及ぶの。体力をつけないと」

それを聞いたら食べないわけにはいかなくなる。ゆっくりと起き上がり、まずはオレンジに手を伸ばした。

口いっぱいに酸味と甘みが広がり、食欲をかき立てられる。ちょうど陣痛も落ち着いている時で、箸を手に持ちご飯やおかずも口に運んでいく。

すると両親は安心した顔で私を見るものだから、なんだか気恥ずかしい。

それからもふたりはずっと付き添ってくれて、私をサポートしてくれた。

交代しながら何時間も私の背中や腰をさすってくれている。疲れたよね、それなのにずっと私の心配をしている。

弦さんがいない今、どんなに心強いか。

「ありがとうございます。……お父さんと節子さんがいてくれて本当によかったです」

思ったことを口にすると、ふたりは顔を見合わせてやわらかい笑みを浮かべた。

「それはよかった。だが、感謝するのは私たちにではなく、弦君にしてくれ」

「えっ？　弦さんにですか？」

どういうことかわからなくて聞き返すと、節子さんが話してくれた。

「昨夜、弦さんから電話があったのよ。出張で家を留守にすることになり、みんな予定が入っていて未来のそばにいてやれないから、私たちにそばについていてほしいと」

「その前からたびたび家を訪れて、未来のことを教えてくれていたんだ。それと私たちの話も聞いてくれたんだ」

嘘、弦さんが？　そんなこと一度も言っていなかったのに。

「未来に会いたいと思う半面、この前のことがあったから最初は断ったが、弦君がどうしてもと言ってな。これをきっかけに未来と会って話をしてほしいとも言われたよ。後悔だけはしないでくださいとも」

「弦さんに背中を押してもらえたから、私たちは未来に会いに来ることができたの。こうして未来の出産にも立ち会うことができている。本当に弦さんのおかげよ」

弦さん……っ！

彼の優しさと愛情に触れ、涙があふれて止まらない。

「弦君が来るまで、私たちがそばにいる。だからがんばりなさい」

「は、い……はい！」

私は本当に弦さんに支えてもらい、愛情をもらってばかり。この先、同じくらい彼を支えて愛することができるのだろうか。

せめてこの子の誕生の瞬間に立ち会わせてあげたい。だって弦さん、私以上にこの子が生まれてくることを心待ちにしていたもの。

その思いで夕食を完食し、再び陣痛に耐える時間が続く。窓の外は真っ暗になり、二十二時を回った頃に子宮口が全開となった。

「西連地さん、分娩室に移動しましょう」

「はい」

まだ弦さんは来ていない。もしかしたら間に合わないかもしれない。

ベッドから下りて看護師さんに支えられて分娩室へと移動する。その道中、父と節子さんは「がんばってね」と私を励まし続けた。

そして分娩室の前に着き、ふたりに見送られて中に入ろうとした時、バタバタと大きな足音が聞こえてきた。

「未来！」

息を切らして駆け寄ってきたのは弦さんだった。

急いで来てくれたようでジャケットを手に持ち、ネクタイは緩んでいる。今朝は綺麗にセットされていた髪は乱れていた。

「すまない、遅くなって」

そんなことない。明日帰る予定だったのに、こうして駆けつけてくれてうれしい。

「ありがとうございます、弦さん。一緒にこの子を迎えましょう」

「あぁ」

また痛みに襲われ、背中を丸める。

「よかったですね、間に合って。急いで着替えをしていただき、消毒をお願いします」

看護師さんは私を支えながら言うと、弦さんは分娩室から出てきた別の看護師さんに案内される。

「弦君、上着は預かろう」

中に入る前に父に声をかけられ、弦さんはジャケットを父に預けた。

「すみません。それと未来のそばにいてくれて、ありがとうございました。また子供が生まれたら改めてお礼に伺います」

「いや、こちらこそありがとう。……私たちの孫の誕生をここで待っているよ」

父に言われ、弦さんは頭を下げて足早に別室へ向かった。

「では西連地さんは先に分娩室に行きましょう」

「はい、お願いします」

両親に見送られ、分娩台に座るといよいよこの子に会えると実感する。

「痛っ……」

頻繁に襲われる痛みに顔がゆがむ。

「大丈夫か？　未来」

すると着替えを終えた弦さんが隣に寄り添い、そっと手を握ってくれた。

父と節子さんがそばにいてくれてとても心強かったけれど、やっぱり弦さんが一番安心できる。

「西連地さん、もう少しで元気な赤ちゃんに会えますよ。がんばってください」

助産師さんに励まされ、必死に痛みに耐える。

「がんばれ、俺もついている。あと少しだ」

弦さんも何度も私を励まし、額にあふれる汗を拭ってくれた。

そして分娩室に来て一時間が経った頃、その瞬間は訪れた。

「西連地さん、息を吐いて思いっきりいきんでください。赤ちゃん、生まれます」

助産師さんに言われた通り、息を吐いて思いっきりいきむ。すると分娩室中に赤ちゃんの元気な産声が響いた。

乱れた呼吸を必死に整えていると、助産師さんは生まれたての赤ちゃんを私と弦さんに見せてくれた。

「おめでとうございます！　元気な女の子ですよ」

私とつながったままの生まれたての赤ちゃんは、大きな声で泣き続ける。自分のお腹の中から誕生した命を目《ま》の当たりにし、涙があふれて止まらない。

「ちょっとお待ちくださいね」

そう言うと助産師さんは、へその緒を切って赤ちゃんを連れていった。

呼吸も落ち着き、ずっと手を握ってくれていた彼を見ると、大粒の涙を流していた。

嘘、弦さんが泣いてる？

初めて見た彼の涙に驚きを隠せない。

私の視線に気づいた弦さんは、つないでいない手で涙を拭った。

「すまない、みっともない姿を見せて。……こんなに感動したのは生まれて初めてだよ。すごいな、命って。とても神秘的だった。ありがとう、未来。こんな瞬間に立ち会わせてくれて。俺、一生忘れないよ」

「弦さん……」

よかった、弦さんが間に合ってくれて。一生に一度の経験をふたりで共有することができて、本当によかったよ。

「お疲れさま、未来」

「弦さんもお疲れさまでした」

お互いを労うと、どちらからともなく笑ってしまう。

「お待たせしました。赤ちゃん抱いてあげてください」

綺麗に体を拭いてもらい、タオルにくるまれてきた赤ちゃんは気持ちよさそうにスヤスヤと眠っている。

そっと助産師さんは私の胸の上に赤ちゃんを下ろした。

ぬくもりを直に感じ、赤ちゃん独特の匂いが鼻をかすめる。

「かわいいな」

「はい、とっても」

ずっと会いたくてたまらなかった子が自分の腕の中にいる。それだけで胸がいっぱいだ。

「ふたりで大切に育てていこう」

「……はい！」

その後、助産師さんに撮ってもらった写真に写る私たちの目はどっちも赤くて、後日写真を見て弦さんと笑ってしまった。

この日のことをいつかこの子に伝えてあげたい。パパとママはあなたが生まれてきてくれたことに感動して、たくさん泣いちゃったんだよって。

幸せな家族未来図

夢が叶いますようにという願いを込めて命名した『叶夢《かな》』が生まれて、二週間が過ぎた頃。今日も我が家には来客が訪れていた。

「やだー、叶夢ちゃんちょっと見ない間にすごい美人さんになってる！」

ベビーベッドでお利口にしている叶夢を見て、興奮しているのは美香だ。

叶夢に会うのは、入院中に来てくれた時以来だから二回目。美香じゃないけれど、生まれたての頃と比べたら二週間でだいぶ顔が変わったと思う。

「美香、出産祝いありがとうね」

紅茶とお茶菓子をテーブルに並べながらお礼を言うと、美香はこちらに来た。

「ううん、全然だよ。実はね、竹山さんと一緒に選んだんだ。気に入ってくれるといいんだけど」

「え、竹山さんと？」

思わず聞き返すと、美香は照れくさそうにした。

「うん、なにがいいか迷っちゃうって話したら、買い物に付き合ってくれたの。その後、食事も一緒にしたんだ」

どうやら美香と竹山さんは順調そうだ。美香はメッセージや電話でやり取りをするたびに、竹山さんに惹かれているそう。

竹山さんの心はわからないが、でも普通は嫌いな相手とやり取りをしたり、買い物や食事に行ったりはしないよね？

美香から「付き合うことになったよ」って報告を聞けるのも、そう遠くないのかもしれない。

テーブルを挟んで向かい合って座り、お茶をしながらあれこれ話すうち、話題は自然と叶夢のことになる。

「どう？　子育ては。夜はちゃんと眠れている？」

「それが叶夢ってばすごく寝る子で、六時間とか寝てくれるから寝不足じゃないの。それに毎日のように誰か来てくれて、助けてくれるしね。美香もありがとうね、さっき家事をしている間に叶夢をあやしてもらって」

「なに言ってるの、あれくらいなら喜んでやるよ。叶夢ちゃん、本当にかわいいもの。むしろ役得！」

そう言ってもらえて本当に助かるよ。

退院後、代わる代わるお義父さんやお義母さん、敬一と椿ちゃん。そして父と節子さんが叶夢に会いに来てくれている。

叶夢の子守りや家事を手伝ってくれて、時には休ませてもらっている。おかげでストレスフリーの中、子育てをすることができていた。

もちろん一番力になってくれているのは弦さんだ。早く帰ってきた日は叶夢をお風呂に入れてくれるし、おむつ交換もしてくれる。

週末は夜泣きしたらあやしてくれて、私が少しでも眠れるよう気遣う。『ふたりの子供なんだから、協力するのは当然だ』と言って、積極的に子育てに協力してくれている。

なにより弦さんは叶夢にベタ惚れ。かわいくて仕方がないみたい。

「だけどよかったね、お父さん、お母さんとの関係がうまくいって。一ヵ月健診にもお母さんが付き添ってくれることになったんでしょ？　未来から話を聞いた時はびっくりしちゃったよ」

「うん、私も」

出産を機に、両親との関係は大きく変化した。

弦さんのご両親以上に叶夢をかわいがり、節子さんに至っては毎日のように来て子育てを手伝ってくれている。昨日も来たばかりだ。今日は美香が遊びに来ることを伝えてあるから、明日また来ると言っていたくらい。

それに子供を育てる上での様々なことを教えてくれた。

まだちょっぴりギクシャクしちゃう時もあるけど、確実に溝は埋まっていると思う。

この前は仕事を休んで一緒に来た父の叶夢の抱き方が危なっかしくて、節子さんがすごく怒るものだから、思わず笑ってしまった。

そんな私につられてふたりも笑い、和やかな雰囲気となり、まるで家族で団らんしているようだった。

こうやって少しずつ両親との関係を深めていけたらと、願わずにはいられない。

するとさっきまで上機嫌だった叶夢が突然泣きだした。

「どうしたの？　お腹が空いたのかな？」

慌てて立ち上がって向かい、叶夢を抱き上げる。そろそろ授乳の時間だ。

「ごめん、美香。ここであげてもいいかな？」

「もちろんだよ」

やっぱりお腹が空いていたようで、ソファに座って与えると勢いよく飲み始めた。

その様子を眺めて美香は「かわいい」を連発。

「かわいい〜！　本当にかわいい。私も早く赤ちゃんが欲しいなぁ」

「じゃあそのためにも早く竹山さんと両想いにならないとだね」

「そうだね、がんばらないと！」

手をギュッと握りしめて気合い十分な美香に、思わず笑みがこぼれる。

「今度は竹山さんとふたりで叶夢ちゃんに会いに来たいな」

「うん、絶対来てよ。竹山さんが叶夢を見てどんな反応をするのかも見たい」

「あ、それは私も見たい！」

あれこれ想像しては、美香と笑い合う。

久しぶりに美香と楽しい時間を過ごした。


週末、お義父さんとお義母さんに叶夢を預けて、私と弦さんは近くの大型商業施設を訪れていた。

「会社関係はカタログギフトや商品券でいいだろう。友人だけそれぞれ選ぼうか」

「そうですね」

出産祝いのお返しである、内祝いを買いに来た。しかしさすが次期社長の弦さん。多くの人から出産祝いをもらい、お返しの量がすごいことになっている。

買い忘れがないか、ふたりでリストを確認して、次に親しい友人たちへのお返しを選びにいく。

美香にはなにがいいかな。喜んでもらえるものがいいよね。

「弦さん、一緒に選んでもらってもいいですか？」

「もちろん」

弦さんもどれがいいか私に相談したりして、それぞれ購入して宅配の手配をし終えた頃には、お昼を過ぎていた。

「だいぶ時間がかかったな。せっかくだし、なにか食べていこうか」

「でも叶夢は大丈夫でしょうか？」

お義母さんたちには、お昼過ぎには帰ると伝えてきたのに。

心配で聞くと、弦さんは「心配ない」と言う。

「実は母さんに言われたんだ。たまにはふたりでゆっくり過ごしてこいって。夜まで叶夢を見ててくれるって言うから、少しゆっくりしていこう」

いいのかな？　お義母さんたちに甘えちゃっても。母乳は絞ってきたし、ミルクも渡してきたけれど、大丈夫かな？　迷惑じゃない？

不安になっていると、弦さんは私の手を握った。

「大丈夫。母さんも父さんも叶夢と一緒に過ごせるって喜んでいたから。それにずっと家で子育てしている未来のことを心配していたんだ。だから甘えてやって」

そうだったんだ。私って本当に幸せ者だ。気遣ってくれる人、助けてくれる人がたくさんいるのだから。

「それと俺が未来と久しぶりにデートしたいんだ。こうして手をつないでゆっくりと買い物でもしながら、おいしいものを食べよう」

そう言われたら、もう「帰りましょう」とは言えない。

「はい」

彼の手を握りしめ、久しぶりのデートを楽しんだ。

まずはお昼を食べようとなり、商業施設に入っている全国展開しているハンバーグ専門店に向かった。

そこでそれぞれランチセットを注文し、おいしいハンバーグに舌鼓を打つ。

そういえば、弦さんとこうしたお店に来ることは初めてだ。なんか不思議な感じがする。

「未来のうまそうだな。半分ちょうだい」

そう言うと弦さんは、口を開けた。

えっ？　これって私が食べさせるの？　そうだよね、きっと。

「ん」

やっぱりそのようで、彼は早くと言うように催促する。

周りに人がたくさんいるけどいいのかな？

周囲を見回すと、みんなそれぞれ食事を楽しんでいる。こちらを見ている人などいない。だったら……。

「えっと、どうぞ」

ひと口サイズに切ったハンバーグを口に運ぶと、彼はパクッと食べた。

「うまいな、俺のも食べるか？」

そう言って今度は弦さんが自分の分のハンバーグを切って、私に差し出した。

どうしよう。すごく恥ずかしいんだけど、でも食べないといけない雰囲気だよね。

羞恥心を押し殺して口に頬張る。すると自分が注文したハンバーグとはまた違い、おいしくて目を見開いた。

「おいしいです」

私の話を聞き、弦さんは顔をクシャッとさせて笑った。

「だろ？　また来たいな。叶夢が大きくなったら、絶対に三人で来よう」

「……はい！」

このハンバーグ店だけじゃない。叶夢が大きくなったら三人で行きたいところがたくさんある。

叶夢が大きくなった未来のことを想像しながら、弦さんとの食事を楽しんだ。

店を出ると、再び手をつないで施設内を見て回る。

「あの服、未来に似合いそう」

立ち止まった弦さんが指差したのは、マネキンが着ているワンピース。淡いピンク色と紺の色合いが絶妙でかわいらしい。

「どう？」

「えっと……かわいいです」

こういう洋服は正直すごく好きだ。

「じゃあ買おう。一応試着したほうがいいよな」

「えっ⁉」

そう言うと弦さんは店員さんを呼び、私はあれよあれよという間に試着室に連れていかれた。

「着替え終わったら一度見せてくれ」

パタンとドアを閉められ、途方に暮れる。

でも手に取って見るとやっぱりかわいい。袖を通して鏡に映る自分を見ると、心が弾んだ。

膝下のロング丈だし、叶夢を抱っこしやすそう。ちょっとしたお出かけに着ていきたいな。

クルクルと回りながら着心地を確かめていると、ドアがノックされた。

「どうだ？　未来」

「あっ、着替え終わりました。えっと……どうでしょうか？」

そっとドアを開けると、私を見た弦さんは目を見開いた。

「大変お似合いです」

店員さんが言うと、弦さんも目を細めた。

「あぁ、すごく似合ってる。かわいい」

「あ、ありがとうござい、ます」

照れくさくて声がどもる。そんな私たちのやり取りを見て、店員さんは「ラブラブですね」なんて言うものだから、「ありがとうございます」と返した弦さんとは違い、私はますます恥ずかしくて居たたまれなくなってしまった。

弦さんに洋服を買ってもらい、今度は私が彼のネクタイを選ぶ。

「未来が選んでくれるなら、なんだっていい」と言うけれど、そういうわけにはいかない。真剣に選んで三本新調した。

「さて、次はどうしようか」

「そうですね……」

ブラブラしていると、お互い自然と子供服店に目がいく。それと小さな子供を連れた親子連れにも。

どちらからともなく足を止めて、見つめ合う。

「まだ夜まで時間はあるが、そろそろ帰ろうか」

「はい。やっぱり叶夢が心配ですよね」

「あぁ。それに会いたい」

「私もです」

たった半日でさえ離れていると寂しくなる。それにこうしてデートしている間も、ふとした瞬間に叶夢のことを考えてしまっていた。

「今度は叶夢も連れて、三人でデートしよう。行きたいところはたくさんある」

「はい！」

つないだ手を握る力を強め、私たちは急いで家路についた。

予定より早い帰宅にお義父さんとお義母さんは、「早く帰ってくると思った」と言った。

やはりふたりも弦さんが幼い頃、預けて出かけても心配で早く帰ってきたとか。親は誰でも同じだねと言いながらみんなで笑ってしまった。

夕食は一緒に取り、ふたりを見送った後にまずは叶夢を先にお風呂に入れる。

そして次に入浴した弦さんに叶夢をお願いして私もお風呂を済ませると、彼は叶夢を抱っこして寝かしつけていた。

「寝そうですか？」

小声で聞くと弦さんは首を縦に振った。

寝かしつけは彼のほうが上手で、弦さんに抱っこされると叶夢はすぐ寝ちゃうんだ。

少しすると叶夢はスヤスヤと眠りについた。

「すごいですね、弦さん。私だとなかなか寝ないのに」

「いや、たまたまだろ」

叶夢をベッドに寝かせながら謙遜する彼に、すかさず言う。

「そんなことないですよ。抱っこの仕方が上手なんですね弦さん」

私となにが違うのか考えていると、弦さんは私に向かって両手を広げた。

「弦さん？」

「抱っこの仕方が上手だって言うから、確認してもらおうと思って。……未来のこと抱っこするからうまいか確かめてよ」

「……えっ⁉」

思わず大きな声が出てしまい、慌てて口を両手で塞ぐ。彼もまた唇に人さし指をあてた。

そっと叶夢を見ると、起きることなく眠っていてホッと胸をなで下ろす。

「仕方ないな」

ため息交じりに言うと、弦さんは私の腰に腕を回して抱き上げた。

「キャッ⁉」

体が宙に浮き、怖くて弦さんの肩にしがみつく。すると彼はクスクスと笑いながら聞いてきた。

「どう？　叶夢がすぐ眠くなるほどうまいか？」

「……っ！　わかりません」

意地悪な顔で言うものだからムッとなる。そんな私に彼の笑いは増すばかり。

「それは残念」

私を抱き上げたまま弦さんはベッドに移動して腰を下ろした。私を自分の膝の上に座らせると、優しく頬をなでる。

「今日は楽しかったな」

「はい」

久しぶりに弦さんとデートができて、すごく楽しかった。

「叶夢のことが気になって、早くに切り上げてきたが、でもこれからもふたりで過ごす時間は必ずつくろう。俺に未来を甘やかす時間をくれ」

「弦さん……」

甘やかす時間を、だなんて……。私、もう十分すぎるほど甘やかされているんだけどな。

「これ以上弦さんに甘やかされたら私、ダメ人間になっちゃいそうです」

そっと伝えると、弦さんは自分の頬を私の頬にすり寄せた。

「俺は大歓迎だよ。ダメ人間な未来も見てみたい。……俺はもっと未来に甘えてほしいんだ」

「んっ」

触れるだけのキスが落とされると、もう一度唇を塞がれた。甘いキスに声が漏れると、彼の舌が口を割って入ってきた。

「弦さっ……」

舌を強く吸われ、口内を行き来する彼の舌に息が上がる。

「未来」

キスの合間に何度も名前を呼ばれるたびに、胸がギュッと締めつけられた。

ベッドになだれ込むように押し倒されると、弦さんは私の首に顔をうずめて、強く首筋を吸った。

印をつけると、彼は再び私の唇を塞ぐ。

深いキスをどれくらいの時間、交わしていただろうか。ゆっくりと彼の唇が離れた時は、お互いの息は上がっていた。

目が合うと彼はふわりと笑い、自分の額を私の額に押しつけた。

「ん、満たされた」

「……私もです」

そのまま弦さんに腕枕をしてもらい、彼の胸にすり寄る。温かくて安心できる。すると睡魔が襲ってきた。

　もっとこうしていたいのに、まぶたが重い。

「なぁ、未来。いつかうちの両親と未来の両親を連れて、みんなで一緒に旅行できたらいいな」

「えっ？　旅行ですか？」

「あぁ。……そんな日がきてほしくないか？」

　弦さんに言われて想像してみる。きっと弦さんのほうはふたつ返事で行こうと言ってくれるだろう。でもうちの両親はまだ一緒に旅行してくれるか不安だけど、そんな日がきてほしいと思う。いや、必ず実現させたい。

「行きたいですね、旅行」

「だろ？　それとそろそろ一軒家も見に行こう。あとタイミングがなくてずっと行けなかった譲渡会にも。犬と叶夢が駆け回れるほど広い庭付きの家を買って、お互いの両親を呼び、バーベキューをするのもいい」

　それは叶夢が生まれる前、少しだけ話したことがある将来の話。弦さん、覚えてくれていたんだ。でもきっとそんな日々が訪れるのは、そう遠くないだろう。

「その時には、もうひとり家族を増やしてもいいかもな」

それはつまり、子供をもうひとりつくるってことだよね？　……うん、私も同じ。大切な宝物をもっと増やしたい。

顔を上げると、引き寄せられるように唇を重ね合う。

出会いは政略結婚。お互い恋愛感情などなかった。でも同じ時間を過ごす中で惹かれ合い、今では本物の夫婦となった。

きっかけはどうであれ、私たちは愛し合っている。

叶夢やそう遠くない未来に生まれてくる子にも伝えたい。誰かを好きになり、大切な存在ができることはなにより幸せなことだと。

その人がいるだけで何気ない日々が、劇的に変わるもの。

私は弦さんと出会えて幸せ。本当の愛を見つけることができたのと同時に、つらく、悲しいことが多かった日々も一変したのだから。

この幸せが永遠に続きますように。彼の腕の中で強くそう願った。

特別書き下ろし番外編

ドタバタ子連れ出勤　弦ＳＩＤＥ

　叶夢が生まれて早一年が過ぎたある日のこと。

「パーパ！」

　キャッキャ言いながら、俺の顔をペタペタ触ってくる姿はとても愛らしい。しかし今は、叶夢を愛でてはいられない。

「専務、会議資料には目を通していただけましたか？」

「今急いで見ているところだ」

　俺の様子を見に来た竹山に言うと、竹山はチラッと俺の膝の上でおもちゃに夢中の叶夢を見る。

「なんとも不思議な光景ですね。会社で専務が子守りをしながら仕事をするとは」

「俺もそう思うよ。だけど今日ばかりは仕方がないだろ？」

　そう、苦渋の選択だったんだ。

　今朝から未来が体調を崩してしまった。三十八度以上熱があり、とてもじゃないが叶夢を見ていられる状態ではなかった。

叶夢が生まれてからというもの、互いの両親の交流も増え、タイミング悪く昨日から四人で北海道へ旅行中。

敬一は大学の長期休暇中で、婚約者とともに海外旅行の真っ最中。預けられる先がなかった。

「奥様はおひとりで大丈夫ですか？」

「本人は大丈夫だと言っていたけど、大丈夫じゃないだろう。だから竹山、今日は絶対に定時で上がるからな」

「なっ！」

俺の真似をする叶夢に、竹山はクスリと笑った。

「かしこまりました。ご協力いたします」

「よろしく頼む」

未来は俺が叶夢を連れていくことに対し、とても申し訳なさそうにしていた。高熱でつらいだろうに、「すみません」と何度謝っていたことか。

おかゆや飲み物、それに薬も用意してきた。未来も一日寝れば治ると言っていたけれど、心配でたまらない。それにひとりで心細くないだろうか。

できることなら会社を休み、未来の看病をしながら家で叶夢の面倒を見たかった。

しかし今日に限って十時から重要な会議が入っている。午後も開発部との打ち合わせがあり、専務室にこもってもいられない。

会議や打ち合わせ中は、竹山が叶夢を見てくれると言っているが、果たして大丈夫だろうか。

「専務、そろそろお時間です」

「あぁ」

叶夢の機嫌はいい。人見知りしないほうだし、泣かないよな？

不安になりながら竹山に叶夢を預ける。竹山に抱っこされた叶夢は、変わらず手にしているおもちゃに夢中だった。

泣かなかったことに竹山とホッとする。

「どうやら大丈夫なようですね」

「そうだな。だけどもしなにかあったら連絡をくれ」

「はい、わかりました」

叶夢の頭をひとなでして、会議室へと急ぐ。

父親である社長から社内改革の指揮を任された。今日はそのメンバーとの大事な一回目の会議。

時間ぎりぎりに会議室に入るとすでに全員揃っていて、さっそく会議が始まった。

それぞれの意見を聞き、改善点を話し合っていく。

その中で女性の働き方について、多くの意見が飛び交った。

「せっかく育て上げた優秀な人材も、結婚や出産を機に退職していきますよね」

「出産後に復帰しても、保育園のお迎えの時間があったり、急な病気で休むこともあったりと、思うように仕事ができないからでしょう」

「男性への育児休暇取得も勧めていますが、まだまだ我が社は取得率が低いです」

「どうすれば女性に長く勤めてもらえる会社にできるでしょう」

男女関係なく、優秀な者が昇進していく。それが我が社の方針だ。しかし女性はどうしても結婚、出産を経ると自分の思うように仕事ができなくなってしまう。

それも当然だろう。叶夢を授かってつくづく実感した。子育てがどんなに大変なものかを。

出席者たちが頭を悩ませる中、ひとりの女性が声をあげた。

「あの、可能なら社内に託児所をつくるのはどうでしょう」

その提案に、みんなの視線が一気に彼女に集まる。

「保育士はもちろん、看護師も配置するんです。保育園だと少しの熱でも預かってもらえないと聞きますし、それを理由に休まれる方が多いと思うんです。発熱した場合はもちろん別の部屋で看護師が預かるようにします。そうすれば少しでも女性が働きやすくなると思うのですがどうでしょう」

彼女の話を聞き、みんな口々に「たしかにそうですね」「託児所は盲点でした」「看護師を配置するのもいい」と言う。

俺も同意見だ。託児所を利用すれば保育園に預けられるか心配する必要もないし、子供の急な体調不良にも対応できる。

なにより仕事が終わればすぐに迎えに行けるのもいい。

「いい案だ。その場合は、並行して出社と退社の時間を検討する必要があるな。さっそく……」

そこまで言いかけた時、子供の泣き声が廊下から聞こえてきた。

「ん？　どうして子供の声が？」

ざわざわし始める室内で、俺は聞き覚えのある声に「すまない、いったん休憩にしよう」と言って急いで席を立った。

廊下に出ると、大泣きする叶夢をかかえて竹山が駆け寄ってきた。

「申し訳ございません、専務。私では力及ばずでして……」

困り果てた顔の竹山に連れられてきた叶夢は、俺を見るなり両手を伸ばした。

「ママ、ママ」

抱くと叶夢は涙声で俺に訴える。

「ママー。マーマ！」

「叶夢……」

そうだよな、ママがいいよな。どんなに愛情を注いでいたって、父親は母親に勝てない。

そっと叶夢の背中をなでてなだめる。

「ママに会いたいよな、叶夢。でも今日だけはパパで我慢してくれ。ママもきっと寂しい思いをしているだろうから」

何度も背中をなでてあやしていると、泣きやんだ叶夢からは規則正しい寝息が聞こえてきた。

「さすが父親ですね」

「いや、泣き疲れただけだろう」

「いいえ、そんなことはございません。さっきだって叶夢ちゃん、専務の顔を見るなり手を伸ばしたではありませんか。ホッとしたのでしょう。きっと奥様も安心して休まれているのではないでしょうか。父親が見てくれているのですから」

珍しくやわらかい表情で言う竹山の言葉に、未来の顔が頭をよぎる。

もし俺が未来の立場だったら、やはり竹山の言う通り、祖父母やベビーシッターに預けるより安心するだろう。

そうだよな、子育てとはひとりでするものじゃない。みんなでするものだ。子供が病気になったら、母親が面倒を見なくてはいけないという決まりはない。

「ぐっすり眠られているようですし、叶夢ちゃんをお預かりいたします。会議にお戻りください」

「いや、大丈夫だ」

「え？　しかし……」

困惑する竹山に「仕事に戻ってくれ」と言い、会議室のドアを開けた。当然叶夢を抱いて入ってきた俺に、社員たちは目を丸くする。

そのまま真っ直ぐに自分の席へ向かい、叶夢を起こさないように声のボリュームを下げて言った。

「すまない、妻が体調を崩し、子供の預け先が見つからず連れてきたんだ。……きっと子供がいる男性社員なら、母親にばかり負担がいくことに罪悪感を抱いているだろう。できるなら自分がどうにかしたいとも」

しかし俺のように子供を連れて出勤などできない。そう簡単に休むこともできない者が多いはず。

「だから託児所をつくるなら、全社員が利用できるようにしよう。妻が体調を崩して預け先がない時や、共働きで母親が休めない時など、緊急時には誰でも利用できるようにしてほしい」

手が空いた時や、休憩中に様子を見に行くこともできる。それなら仕事にも集中できるだろうし。

「そうすることで、よりいっそう子供がいても安心して働けると思うのだが、どうだろうか」

投げかけると、俺の話を聞いたみんなは興奮気味に声をあげた。

「賛成です。緊急時、父親も利用できるとなれば、奥さんも助かりますよ！」

「そうなると保育士を多く採用したほうがいいですね」

「託児所はどこにしましょうか？　広くて緊急時にすぐ避難できる一階がやはりいいですかね？」

話は進み、次々といい案が出てくる。俺も眠る叶夢を抱きながら意見を述べ、会議は充実したものとなった。

その後、起きた叶夢はやはりぐずって大変だった。それだけではない、お腹が空いたらミルクを与え、数時間おきにおむつ交換する。

未来は毎日家のことをしながら、こんなふうに育児をしているのかと思うと、頭が下がる思いだった。

定時で仕事を終えて叶夢とともに急いで帰宅すると、朝より顔色がいい未来が出迎えてくれた。

「ママー！」

俺の腕の中にいた叶夢は、未来を見るなり体をジタバタさせて必死に腕を伸ばす。

「おかえり、叶夢。いい子にしてた？」

未来にギュッと抱きしめられた叶夢はうれしそうに笑う。

「ただいま。体調はどうだ？」

熱が下がったとメッセージをもらってはいたけど、俺に心配をかけないように無理していないか？

様子をうかがうと、未来は笑顔を見せた。

「熱もすっかり下がりましたし、食欲も出てきました。本当、今日はすみませっ……じゃなくて、ありがとうございました」

慌てて言い直した未来に、クスリと笑みがこぼれる。

「それならよかった。夕食も食べられそう？」

「はい」

「じゃあ俺が作るよ。叶夢をお願いしてもいい？」

ジャケットを脱ぎながら廊下を進むと、未来が慌てて後を追ってきた。

「そんなっ、弦さん疲れているでしょうし、夕食は私が作りますよ」

「いいからゆっくりしてて」

未来をリビングのソファに座らせ、ふたりの頭をなでた。

「できあがるまで、ふたりでいい子にしてること」

少しおどけて言うと、未来は唇をキュッと噛みしめた。

「……はい、わかりました」

「ん、素直でよろしい」

もう一度未来の頭をなでてからキッチンへ向かい、さっそく調理に取りかかる。

体調がよくなったとはいえ、まだ本調子ではないだろうし、体に優しいうどんがいいよな。

まずは叶夢用のものを作り、先に未来に食べさせてもらう。

「叶夢、あーん」

「あーん」

未来の真似をしておいしそうに食べる叶夢。ふたりの微笑ましい姿を眺めながら、俺と未来の分を作っていく。

できあがった頃には叶夢は食べ終わり、今度は俺たちが食事をする番だ。

両手を合わせ、「いただきます」と言って未来はうどんをすする。

野菜をたくさん入れて、味は少し薄めにしたがどうだろうか。

反応をうかがっていると、彼女は頬を緩めた。

「おいしいです、弦さん」

それを聞いてホッと胸をなで下ろす。

「よかった。おかわりもあるから」

「はい」

夕食を済ませてソファで食休みをしていると、叶夢をあやしながら未来が申し訳なさそうに言った。

「自業自得なんです、体調を崩しちゃったのは」

「えっ？」

彼女を見れば、徐々にうつむいていく。

「ここ最近、弦さんが寝た後に夜更かしをしていたんです。その……家の間取りやインテリアを考えるのが楽しくて」

意外な理由に目を瞬かせてしまう。

たしかに今、新居を建てようとしているところだ。建築家と打ち合わせを重ねており、未来は毎回楽しそうにしていた。

「体調不良の原因は、完全に寝不足です。本当にすみませんでした」

居たたまれないのか、最後はか細い声で謝る未来。理由もその姿もかわいくて思わず笑ってしまった。

「ハハハッ！　そっか、未来はそんなに新しい家が楽しみだったんだ」

どうしたらいいだろうか、未来が愛しくてたまらない。

気持ちは大きくなり、未来と叶夢を抱きしめた。

「俺も楽しみだよ、未来と叶夢の三人で暮らす家ができるんだ。早く住みたい。だから許す。でも、今後は気をつけること。未来が元気でないと俺もつらい。それに叶夢もな」

叶夢にとって一番は母親である未来なのだから。

「はい、気をつけます」

素直に謝る未来を褒めるように背中をポンッとなでる。

「俺もさ、叶夢を会社に連れていってみて、改めて未来の大変さを痛感したよ。俺が仕事の合間に叶夢の面倒を見たように、未来は毎日叶夢の世話をしながら、家のこともやっているわけだろ？　すごいよな」

「そんなことないですよ」

謙遜する未来に、首を横に振る。

「いや、すごいよ、俺ももっと家のことをするよ。それに叶夢との時間も多くつくらないとな。どんなにがんばっても、母親には勝てないからさ。なんせ女の子だ。あっという間に「パパ嫌い」って言いだすかもしれないだろ？」

年頃になると、大半の女の子は父親を煙たがると聞く。そうならないよう、少しでも叶夢に好かれる努力をしないとだめだ。

「パパ嫌いって……フフ、弦さんってばどれだけ先の話をしているんですか？」

こっちは真剣に悩んでいるというのに、未来はおかしそうに笑う。

「笑いごとじゃないぞ。どうするんだ？　俺が叶夢に嫌われたら」

「うーん……。私はそんな将来はこないと思いますけど。叶夢はパパ大好きっ子になりそうな気がするんです」

自分の膝の上でおりこうにしている叶夢の頭をなでながら、未来は俺を見てやわらかい笑みを見せた。

「だってカッコよくて優しくて、仕事ができて。そんな素敵なパパを嫌いになんてなりませんよ。反対にそのうち、『パパと結婚する』って言いそうです」

不思議だな、未来に言われると本当にそんな日がくる気がするよ。

「ありがとう」

そっと触れるだけのキスを落とすと、不意打ちだったからか、未来は頬を真っ赤に染めた。

もう何度もキスしているというのに、初々しい反応を見せる未来がかわいくてたまらない。

「なぁ、未来。もし本当に叶夢が俺と結婚したいって言いだしたらどうするんだ？」

「えっ⁉　……そうですね」

少し考えた後、未来は照れくさそうにしながら「パパはママと結婚しているからだめだよって言います」なんてかわいいことを言うものだから、たまらず唇を塞いだ。

「んっ……」

甘い声に触発され、さらに口づけを深めようとした時、叶夢が俺の頬をぺちぺちと叩いた。

唇を離し、未来とともに叶夢を見ると不機嫌そう。

「もしかして叶夢、仲間はずれにされたと思っているんですかね？」

「そうかもな」

ふたりで頭をなでたり手をつないだりしたら、すっかり機嫌も直ったのがその証拠。

日々成長していることを実感し、未来とともに笑い合う。

こうして家族で小さな幸せを積み重ねていきたいと思った。

叶夢を会社に連れていってからというもの、社員の俺を見る目が変わった。

竹山から聞いた話によると、叶夢を見る俺の顔があまりに優しくて、しっかり面倒を見ていたということが、会議に出席した社員から広がったようだ。

冷酷で仕事人間の俺が、実は妻想いで子煩悩だと噂が広まり、イクメンだとも言われているそう。

託児所の件も順調に進んでおり、新年度からスタートできる段階までできた。社員からも、早くできてほしいという声が多くあがっている。

以前はただ仕事は裏切らず、がんばった分だけ数字に表れるのが楽しくてやりがいを感じていた。しかし今は違う。

仕事を終えて帰宅すると、「おかえり」と言って未来と叶夢が出迎えてくれる。

「ただいま」

愛する家族がいるから仕事に張り合いも生まれる。ふたりのためにも、もっとがんばろうと思えるんだ。

未来と叶夢を抱きしめて、俺は今日も幸せを噛みしめた。

幸せが幸せを育む

　青空が広がる土曜日の昼下がりに、先月完成した新居にお互いの両親を招待し、庭先でバーベキューをしていた。

「じー、ばー。これ！」

　二歳になった叶夢が四人それぞれの皿に、とうもろこしをのせていく。その様子を微笑ましい目で見つめる両親たち。

「まぁ、叶夢はなんて優しいのかしら」

「叶夢がくれたとうもろこしは、格別にうまいな」

　そう言いながらとうもろこしを頬張る父は、叶夢が生まれてからまるで別人のように変わった。

「本当に叶夢はいい子ね。将来が楽しみだわ」

　それは節子さんも同じ。ふたりは叶夢をとてもかわいがっている。もちろんお義父さんとお義母さんも。

「じろーも、これ」

新築に引っ越したのと同時に迎えた保護犬の次郎《じろう》に、叶夢は用意しておいたドッグフードを与えた。

最初は怖がっていた叶夢も、優しい次郎と今では大の仲よしだ。

その姿がまたかわいいと、私たちそっちのけで叶夢を囲み、盛り上がる両親たち。

その姿を眺めては私と弦さんは笑い合う。

両親との関係も昔に比べて格段によくなっている。今では実家にも頻繁に叶夢を連れて帰っているし、節子さんとも普通に話せるまでになった。

本当、結婚するまでの私には想像もつかない未来だった。こんなに幸せな日々が待っていたなんて。

きっと両親も私と同じように感じてくれていると思う。そして弦さんも。自分だけじゃないから余計に幸せに感じられるのかもしれない。

そんな中、美香にも進展があった。半年前から竹山さんと交際していたのだけれど、つい先日彼女から電話があって、竹山さんからプロポーズされたという報告を受けた。

親友の幸せの報告に思わず涙してしまった。だって美香は、いつも私の力になってくれて、とても大切な存在。その美香が大好きな人と結婚するんだと思うと、涙が止まらなくなった。

吉報は続くもので、敬一と椿ちゃんの結婚も決まった。半年後に盛大に結婚式が執り行われる予定だ。

こんなに幸せなことばかりが続いて、逆に怖くなるほど。バーベキューの最中も笑いが絶えず、その思いは増すばかりだった。


「叶夢、やっと寝たな」

「はい」

弦さんと私の間に寝ている叶夢を見て、やっとひと息つける。

今日はバーベキューで、明日は三人で遊園地に行く予定だ。だからか叶夢はとても興奮していて、なかなか寝てくれなかった。

「俺たちも明日は早いし、そろそろ寝ようか」

「そうですね、今日は疲れましたし」

ベッドサイドの明かりを消すと、弦さんは私と叶夢に肩まで布団をかけてくれた。

「おやすみ、未来」

「おやすみなさい、弦さん」

叶夢を挟んで触れるだけのキスを交わす。

疲れていたようで、少しすると私も弦さんもすぐに眠りについた。

次の日もお天気に恵まれ、青空の下、三人で向かった先は私と弦さんが結婚前にデートで訪れた遊園地。

「パパ、ママー行くー！」

着くなり初めての世界に叶夢は目をキラキラと輝かせ、早く行こうと私たちの手を引っ張る。

「叶夢、慌てないの。転んだら危ないでしょ？」

「じゃあ叶夢、パパが肩車してやる」

弦さんはしゃがみ、叶夢を肩に乗せて立ち上がる。すると目線が変わった叶夢は大興奮。

「パパ、すごいー！」

「そうか、よかったな」

叶夢がうれしそうだと、弦さんもうれしそう。

「よし、じゃあ行くぞ」

「行くー！」

はしゃぐふたりに笑いながら、後を追いかけた。

結婚前に来た時は、絶叫系のアトラクションを中心に楽しんだけれど、叶夢がいるとそうはいかず、子供向けのもの中心になる。

以前はまったく乗ろうとも思わなかったのに、叶夢と一緒だと楽しくてたまらない。

三人で汽車やゴーカート、メリーゴーラウンドと次々に乗っていると、時間はあっという間に過ぎていく。

お昼は早起きして作ったお弁当を芝生にシートを敷いて食べた。

「ママ、にぎにぎおいしい」

「本当？　よかった」

おいしそうにおにぎりを頬張る姿がかわいい。口にご飯粒がたくさんついてるし。

弦さんも同じことを思っていたようで、笑いながら「叶夢、お弁当いっぱいついてるぞ」と言って、ご飯粒を取ってくれた。

だけどそんな弦さんの口もとにも、ご飯粒がひとつついている。

「フフッ、弦さんも叶夢のことを言えないですよ」

そう言いながら手を伸ばして取ってあげると、珍しく彼は照れた。それを見て叶夢はゲラゲラと笑う。

「こら、叶夢。笑うことないだろ？」

「パパ、ついてた！」

「あぁ、そうだよ。パパも同じだ」

そう言って弦さんに抱きしめられた叶夢は、「キャー」と言いながらうれしそう。

叶夢は日に日にパパっ子になっていると思う。以前、弦さんが叶夢にそのうち「パパ嫌い」と言われそうだって心配していたけれど、そんなの杞憂だよ。

むしろ不安なのは私のほう。もう少し大きくなったら、叶夢に「私のパパをとらないで」って言われそうだもの。

「ごちそうさま、未来。おいしかったよ」

「かったよー」

綺麗に完食してくれたふたりに言われて、頬が緩む。昨日から下準備をし、今朝早起きした甲斐があった。

「いいえ、どういたしまして」

片づけを終えると、待ちきれないのか叶夢は「早く行こう」と私たちを急かす。

午後も叶夢の乗りたいもの、見たいものへと移動しながら遊園地を満喫した。

「さすがの叶夢も力尽きたな」

辺りが暗くなってきた頃、叶夢は弦さんに抱っこされて寝てしまった。

「弦さん、大丈夫ですか？　叶夢、けっこう重くなってきたから」

叶夢に付き合って弦さん、ずっと走り回っていたもの。疲れていない？

心配で尋ねると、弦さんは首を横に振る。

「大丈夫だよ。こうして抱っこさせてもらえるのも、あと少しだろ？　今のうちに叶夢の重みをしっかり覚えておかないと」

入場ゲートに向かいながら弦さんは続けた。

「いつか大きくなって、叶夢もここにデートで来るのかな」

「え？　弦さんってば、どれだけ先の心配をしているんですか？」

「だっておもしろくないだろ？　今はこれだけパパって懐いているのに、あっさりほかの男に乗り換えられるんだから」

ムスッとして言う彼の表情がおかしくて笑ってしまう。そんな私につられたのか、弦さんもまた笑った。

「俺もびっくりしているよ。まさか自分がそんな心配をする日がくるとは思わなかったからさ」

「それを言ったら私もです。叶夢が生まれてから、初めての経験ばかりですもん」

「そうだな」

ふたりでスヤスヤと眠る叶夢を見ては笑みがこぼれる。

「なぁ、未来。覚えている？　俺たちがこの遊園地に初めて来た日のことを」

「もちろんです」

私は人生二回目の遊園地で、すごくはしゃいでしまった。

「俺は勝手にあの日のデートで、未来との距離が一気に縮まったと思ってる。……そんな思い出がある遊園地に、叶夢を連れてきたかったんだ」

彼の気持ちがうれしくて、そっと体を寄せた。

「私もです。あの日のデートが忘れられませんし、弦さんの新たな一面をたくさん知った日でもありました。だからこうして叶夢と三人で来ることができて、うれしかったです」

「……未来」

互いの足が止まった時、大きな花火が空に上がった。

振り返ると、次々と夜空に大輪の花が舞う。

「綺麗」

「そういえば前来た時も、花火を見て帰ったな」

端に寄ってしばし花火を眺める。

「また何度も来よう。父さんたちと一緒に来るのもいいな。そしていつかは家族を増やしてさ」

「そうですね」

叶夢も二歳になり、私も弦さんもそろそろふたり目が欲しいと考えている。叶夢に姉弟をつくってあげたい。

花火が終わるとみんないっせいに入退場ゲートへ向かう。

「少し人の波が引いてから帰ろう」

「はい」

「それと帰ったら、さっそく子づくりに励もうか」

「はい……えっ!?」

思わず返事をしてしまった私に、弦さんはにっこり微笑んだ。

「約束だからな」

そう言って弦さんは私の頬にキスをした。

「弦さん？」

周りに人がたくさんいるっていうのに。

頬を押さえてジロリと睨んでも、弦さんは愉快そうに笑う。

彼の笑顔を見ると、怒りも自然と収まってしまうよ。

「そろそろ帰ろう」

「はい」

人もまばらになってきた頃、寄り添い合って駐車場へ向かっていく。


そしてその夜、叶夢を寝かしつけた後、私は弦さんにたっぷりと愛された。

「大丈夫か？　未来」

息が切れ切れの私の髪をなでながら、弦さんは体の至るところにキスを落とす。

「んっ……あっ」

そんなことをされたら、大丈夫じゃなくなるよ。

「ごめん、未来。もう一回」

「えっ？　でもっ……」

もう何回目？　ずっと弦さんに愛され続けているのに。

「未来がかわいすぎるから、抑えが利かない」

再びつながった体に、甘い声が漏れる。

体を重ねるたびに幸せを感じ、時には泣きたくなる時もある。愛する人と愛し合う。あたり前のことが実はそう簡単なことではなくて、奇跡に近いことだと最近考えるようになった。

だってこんなに多くの人が生きる世界で、たったひとりを好きになり、その相手も自分を好きになってくれるなんて奇跡だよ。

「未来……」

寝言で名前を呼ばれ、また幸せな気持ちが大きくなる。

さすがの弦さんも今日は疲れていたようだ。『おやすみ』と言うと、すぐに寝てしまった。

寝顔は幼くて、どこか叶夢に似ている。

「おやすみなさい、弦さん」

彼に抱きつき、頰をすり寄せてぬくもりを感じながら私も眠りについた。

それから私たちのもとへ次の幸せが訪れたのは、半年後のこと。叶夢を妊娠した時同様、つわりの症状が現れて病院を受診したところ、妊娠が発覚。

弦さんをはじめ、みんな大喜び。
大切な人たちのうれしそうな顔を見て、私はまた幸せな気持ちでいっぱいになった。
きっとお腹の中にいる子も、たくさんの幸せを運んできてくれるはず。

END

あとがき

このたびは『政略夫婦の授かり初夜～冷徹御曹司は妻を過保護に愛で倒す～』をお手に取ってくださり、ありがとうございました。

愛のない政略結婚から始まるストーリー。もうひとつのテーマは、ヒロインの成長でもあります。

自分に自信がなくて、愛されることなどないと少し卑屈になっている未来が、自分の幸せのために奮闘する展開は、書いていて難しくもありました。

なによりなかなか筆が進まず、消しては書いてをたくさん繰り返した作品でもありました。その分、今回も特別な作品になりました。

最初はもしかしたら、未来のウジウジした言動にイライラさせてしまうこともあるかもしれませんが、だからこその中盤の未来のがんばりまで読んでいただき、最後は幸せな気持ちになってくれたら……と、願うばかりです。

今作でも大変お世話になった担当の篠原様、佐々木様、スターツ出版様をはじめ、出版に関わってくださった皆様、大変お世話になりました。

カバーイラストを担当してくださった蔦森えん様。素敵は和装のふたりを描いてくださり、ありがとうございました。

そしてなによりいつも、作品を読んでくださる読者の皆様、ありがとうございました！

今作も少しでもお楽しみいただけましたでしょうか？ 仕事がつらくて、創作のほうもスランプになったりしてくじけそうになることもありますが、その時はいつも読者さんからいただいた感想やレビューなどを励みにしています。

今後も読後、ドキドキして、幸せな気持ちになってもらえるような、そんな作品を書いていきたいと思っています。

俺様なヒーローや、少しクセのあるヒーローなどなど、まだまだ書きたいお話はたくさんあります。形にしてお届けできるよう、がんばりたいと思います。

それではまたこのような素敵な機会を通して、皆様とお会いできることを祈って。

田崎《たさき》くるみ

田崎くるみ先生への
ファンレターのあて先

〒104-0031
東京都中央区京橋 1-3-1
八重洲口大栄ビル7F
スターツ出版株式会社　書籍編集部　気付

田崎くるみ先生

本書へのご意見をお聞かせください

お買い上げいただき、ありがとうございます。
今後の編集の参考にさせていただきますので、
アンケートにお答えいただければ幸いです。

下記 URL または QR コードから
アンケートページへお入りください。
https://www.berrys-cafe.jp/static/etc/bb

政略夫婦の授かり初夜
～冷徹御曹司は妻を過保護に愛で倒す～

2021年1月10日　初版第1刷発行

著　者　田崎くるみ
©Kurumi Tasaki 2021

発行人　菊地修一

デザイン　カバー　ナルティス
フォーマット　hive & co.,ltd.

校　正　株式会社鷗来堂

編集協力　佐々木かづ

編　集　篠原恵里奈

発行所　スターツ出版株式会社
〒104-0031
東京都中央区京橋1-3-1　八重洲口大栄ビル7F
TEL　出版マーケティンググループ　03-6202-0386
（ご注文等に関するお問い合わせ）
URL　https://starts-pub.jp/

印刷所　大日本印刷株式会社

Printed in Japan

乱丁・落丁などの不良品はお取替えいたします。
上記出版マーケティンググループまでお問い合わせください。
定価はカバーに記載されています。

ISBN 978-4-8137-1030-1　C0193

ベリーズ文庫 2021年1月発売

『183日のお見合い結婚～御曹司は新妻への溺甘な欲情を抑えない～』 藍里《あいさと》まめ・著

OLの真衣はある日祖父の差し金でお見合いをさせられるはめに。相手は御曹司で副社長の柊哉だった。彼に弱みを握られた真衣は離婚前提の契約結婚を承諾。半年間だけの関係のはずが、柊哉の燃えるような独占欲に次第に理性を奪われていく。互いを縛る「契約」はいっそう柊哉の欲情を掻き立てていて…⁉

ISBN 978-4-8137-1027-1／定価：本体650円＋税

『大正蜜恋政略結婚【元号旦那様シリーズ大正編】』 佐倉伊織《さくらいおり》・著

時は大正。子爵の娘・郁子は、家を救うため吉原入りするところを、御曹司・敏正に助けられる。身を寄せるだけのはずが、敏正から強引に政略結婚をもちかけられ、郁子はそれを受け入れ、仮初めの夫婦生活が始まる。形だけの関係だと思っていたのに、独占欲を刻まれ、身も心もほだされてしまい…⁉

ISBN 978-4-8137-1028-8／定価：本体640円＋税

『離婚予定日、極上社長は契約妻を甘く堕とす』 砂原雑音《すなはらのいず》・著

秘書のいずみは、敏腕社長の和也とある事情で契約結婚をする。割り切った関係を続けてきたが、離婚予定日が目前に迫った頃、和也の態度が急変！淡々と離婚準備を進めるいずみの態度が和也の独占欲に火をつけてしまい、「予定は未定というだろ？」と熱を孕んだ瞳で大人の色気全開に迫ってきて…⁉

ISBN 978-4-8137-1029-5／定価：本体650円＋税

『政略夫婦の授かり初夜～冷徹御曹司は妻を過保護に愛で倒す～』 田崎《たさき》くるみ・著

OLの未来は、父親の会社のために政略結婚することに。冷徹だと噂されている西連地との結婚を恐れていたが、なぜか初夜から驚くほど優しく抱かれ…。愛を感じる西連地の言動に戸惑うが、その優しさに未来も次第に惹かれていく。そんな折、未来の妊娠が発覚すると、彼の過保護さに一層拍車がかかり…⁉

ISBN 978-4-8137-1030-1／定価：本体650円＋税

『最後の一夜のはずが、愛の証を身ごもりました～トツキトオカの切愛夫婦事情～』 葉月《はづき》りゅう・著

ウブな社長令嬢・一絵は一年前、以前から想いを寄せていた大手広告会社の社長・慧と政略結婚した。しかし、夜の営みとは無縁で家政婦状態の結婚生活が苦しくなり離婚を決意。最初で最後のお願いとして、一夜を共にしてもらうとまさかのご懐妊…⁉　しかも慧は独占欲をあらわにし、一絵を溺愛し始めて…。

ISBN 978-4-8137-1031-8／定価：本体660円＋税

ベリーズ文庫 2021年1月発売

『転生悪役幼女は最恐パパの愛娘になりました』 桃《もも》城《しろ》猫《ねこ》緒《お》・著

5歳の誕生日に突然前世の記憶を取り戻したサマラ。かつてプレイしていた乙女ゲームの悪役令嬢に転生していたと気づく。16歳の断罪エンドを回避するには世界最強の魔法使いである父・ディーに庇護してもらうしかない！　クールで人嫌いな最恐パパの愛娘になるため、サマラの「いい子大作戦」が始まる！

ISBN 978-4-8137-1032-5／定価：本体660円＋税

『ループ10回目の公爵令嬢は王太子に溺愛されています』 真《ま》崎《さき》奈《な》南《な》・著

王太子妃候補だけど、16歳で死亡…の人生を9回続けている令嬢のロザンナ。地味に暮らして、十回目の人生こそ死亡フラグを回避して人生を全うしたい…！と切に誓った矢先、治癒魔法のチートが覚醒！　おまけに王太子からの溺愛も加速しちゃって…!?　こうなったら、華麗に生きていきましょう！

ISBN 978-4-8137-1033-2／定価：本体660円＋税

ベリーズ文庫 2021年2月発売予定

Now Printing

『遅ればせながら、溺愛開始といきましょう』　水守《みずもり》恵蓮《えれん》・著

父が代表を務める法律事務所で働く葵は、憧れの敏腕弁護士・櫂斗に突然娶られる。しかし新婚なのに夫婦の触れ合いはなく、仮面夫婦状態。愛のない政略結婚と悟った葵は離婚を決意するが、まさかの溺愛攻勢が始まり…!?　欲望を解き放った旦那様から与えられる甘すぎる快楽に、否応なく飲み込まれて…。

ISBN 978-4-8137-1042-4／予価600円＋税

Now Printing

『裏腹な社長のワケありプロポーズ』　紅《くれない》カオル・著

地味OLの実花子は、ある日断り切れず大手IT社長の拓海とお見合いをすることに。当日しぶしぶ約束の場に向かうと、拓海からいきなり求婚宣言されてしまい…!?　酔った勢いで結婚を承諾してしまった実花子。しかもあらぬことか身体まで重ねてしまい…。淫らな関係＆求婚宣言から始まる溺甘新婚ラブ！

ISBN 978-4-8137-1043-1／予価600円＋税

Now Printing

『院内結婚は極秘事項です！』　宝月《ほうづき》なごみ・著

恋愛下手な愛花は、ひょんなことから天才脳外科医の純也と契約結婚をすることに。割り切った関係のはずだったが、純也はまるで本当の妻のように愛花を大切にし、隙をみては甘いキスを仕掛けてくる。後輩男性に愛花が言い寄られるのを見た純也は、「いつか必ず本気にして見せる」と独占欲を爆発させ…!?

ISBN 978-4-8137-1044-8／予価600円＋税

Now Printing

『没落令嬢は財閥の総帥に甘く愛される』　滝井《たきい》みらん・著

没落した家を支えるためタイピストとして働く伯爵家の次女・凛。ある日男に襲われそうになったところを、同僚の政鷹に助けられる。そして政鷹の正体が判明！　父親の借金のかたに売られそうになった凛を自邸に連れ帰った政鷹は、これでもかというくらい凛を溺愛し…!?　元号旦那様シリーズ第2弾！

ISBN 978-4-8137-1045-5／予価600円＋税

Now Printing

『エリート弁護士の溺愛志願～私も娘もあなたのものにはなりません！～』　砂川《すながわ》雨路《あめみち》・著

弁護士の修二と婚約中だった陽鞠は、ある理由で結婚目前に別れを決意。しかしその時、陽鞠は修二の子どもを身ごもっていて…。ひとりで出産した娘・まりあが2歳になった冬、修二から急に連絡がきて動揺する陽鞠。意を決して修二に会いに行くと、熱い視線で組み敷かれた上に、復縁を迫られて…!?

ISBN 978-4-8137-1046-2／予価600円＋税

タイトル、価格等は変更になることがございますのでご了承ください。

ベリーズ文庫 2021年2月発売予定

『竜王陛下のもふもふお世話係〜転生した平凡女子に溺愛フラグが立ちました〜』　三沢《みさわ》ケイ・著

Now Printing

ペットショップ店員だった前世の記憶があるウサギ獣人のミレイナ。ある日ウサギ姿で怪我をしたところを『白銀の悪魔』と呼ばれる隣国の竜王に拾われる。食べられちゃう！と震えていたけど、なんだかすっごく愛でられてる…⁉人間の姿に戻ったミレイナは、竜王の元で魔獣のお世話係として働くことになり…。

ISBN 978-4-8137-1047-9／予価600円＋税

タイトル、価格等は変更になることがございますのでご了承ください。